漫時光 011

且試天下

傾泠月

【番外篇】

高寶書版集團

◆目錄◆

第一章　只道當時年紀小——娃娃篇

初夏的午後，陽光透過枝縫在石板地上灑下零碎的陰影，輕風拂過，樹婆娑，影也婆娑，和著知了的鳴叫，便是一支歌舞，這歌舞靡靡地催人昏昏欲睡，便是那要打起十二分精神的皇宮侍衛也不能阻下唇邊那一個哈欠。

可夏日的瞌睡蟲並不青睞小孩子，大人們昏昏然時，他們卻一個個精神抖擻。悄悄地繞過床畔瞇眼搖扇的宮女，輕輕開啟殿門，再貓著腰從那昂首挺胸卻半閉著眼的侍衛身邊溜過，縮首輕腳地穿過長廊庭院。

那是景炎八年，四月十二日，午時。

從皇宮的極天宮、鳳影宮、締焰宮、金繩宮悄悄溜出一個眉目精緻的玲瓏娃娃。

紫衣娃娃出了締焰宮後，環顧了一下所處位置，便轉身往左邊的道路走去。別看他年紀小、身量小，卻劍眉星目，抿著小紅唇，抬頭負手，顯得極是氣派嚴肅。那些侍衛們一看他的衣著神態，便知這定是冀王帶來的小世子，所以也都沒敢上前問話，任由他在皇宮裡穿梭。

他昂著那小腦袋耀武揚威的「巡視」了皇家侍衛一番後，發現跟自家宮裡的沒啥不同，便失了興趣，決定去探探他一入宮就發現的寶地——八荒塔，也就是父王再三告誡他決不能去的地方，可才一轉身，便見到對面走來一個玄衣娃娃。

玄衣娃娃從身量、模樣看來大約和他一般大小，只是神態儀容卻是決然的不同。膚色雪白，頭髮漆黑，長眉鳳目，再加一臉溫柔乖巧的微笑，令人望之即生親近喜愛之感，是以他經過御花園時，那些修剪花草的宮人們紛紛送他禮物，以至於他現在滿懷都是黃白、青紫、紅藍的花花草草，襯著那張雪白的小臉，倒似是天上掉下來的小仙童，偶生興致來逛逛這人間帝府。

紫衣娃娃與玄衣娃娃互相看了看，都在掂量對方，半晌後，兩個娃娃不約而同地撇撇嘴。

一個眼睛盯著對面娃娃懷中的花花草草，極是不恥對方堂堂男兒卻拈花帶草。

一個眼睛盯著對面娃娃負手挺胸的模樣，極是鄙夷對方年紀小小卻裝模作樣。

兩個娃娃對視了一會兒後，同時抬步上前，彼此都決不肯落後對方一步，同樣也決不肯露出焦急的模樣，一個依舊嚴肅凜然，一個依然微笑可親，皆以一種極快又極鎮定的步法向對方走去，到彼此只一步之距時卻又同時一轉，目標一致地踏上同一條青石板路。

兩個娃娃同時踏上青石板路時，不禁互相瞅了對方一眼，又趕緊移開目光，昂首挺胸的以一種王者巡視自己疆土的氣勢跨步前走，只是一不小心卻是步法一致了，這讓兩個娃娃非常不樂意，可又不肯示弱慢對方一步，所以只好繼續齊步走下去，可那心頭的不樂意怎麼著也得表現出來，這不，一個更是微笑如花，一個則目射鋒芒，同樣的，彼此都不樂意看著對方，於是便一左一右扭頭看著兩旁的侍衛，這一下左右兩旁的侍衛反應便反差極大。

左邊的侍衛只見這麼一個粉妝玉琢的小娃娃，抱著滿懷的花草微笑地看著你，當下皆是不由自主地扯開僵硬了的臉，綻開一抹僵硬的笑以作回報，生怕笑得不及時拂了人家的好意；而右邊的侍衛卻見這麼一個明明不及自己腰高的小娃娃，抬頭闊步，氣勢如虹地瞪視著你，當下皆是不由自主地低頭後退一步，生怕是自己擋了他的道才讓他如此不悅。

等那些侍衛反應過來這裡是禁地時，那兩個娃娃已走得不見影兒。

翠竹森森，遮住了炙熱的驕陽，舞起陣陣清風，沙沙鳳吟，奏起悠悠清歌。

一入竹林，兩個娃娃頓覺清爽，不約而同地長舒一口氣，待發現對方和自己行動一致後，同時冷哼一聲轉過頭去。

正在此時，竹林中忽然響起輕微的聲響，似是某種小動物睡夢中發出的咂嘴聲。

兩個娃娃四處張望一番，各自尋思著是可以抓到一隻小兔子或才是捉到一隻小貓兒，可看了一圈卻並未見著什麼小兔子、小貓兒的，入目皆是蒼翠竹枝。正疑惑間，那輕輕的咂嘴聲又響起，這一下聽得清楚了，兩個娃娃這次不計前嫌地對視一眼，然後都輕手輕腳地往聲源處走去，走出約莫兩百步，又同時腳下一頓。

前方約丈來遠的地方有一漢白玉石桌，桌上正睡著一個白衣娃娃，桌下落了一地吃得乾乾淨淨的骨頭，而白衣娃娃口中還含著一根骨頭，津津有味地吮著，睡得十分香甜。

紫衣娃娃與玄衣娃娃走近幾步，圍著白衣女娃娃轉了幾個圈依然不見她醒來，除了間或響起幾聲咂嘴聲外便再無動靜，兩人不禁都覺得這睡娃娃十分可愛，當下一個伸手扯了扯娃娃散落在石桌上的頭髮，一個從懷中抽出一朵白牡丹輕輕在睡娃娃的臉上碰了碰。

正睡得香甜的白衣娃娃覺得頭皮一緊，又覺得臉上一陣搔癢，伸手無意識地揮了揮，嘴巴動了幾動，那骨頭便滑出口，但白衣娃娃卻還是毫無所覺地睡著。

紫衣娃娃與玄衣娃娃看著覺得非常新奇有趣，當下都繼續手上動作。

白衣娃娃不舒服了，手一伸，用衣袖遮了臉，腦袋縮了縮，悶悶的囈語便傳來：「好哥哥，別吵我，等我抓著了人參娃娃燉雞湯給你治病。」

「噗哧。」紫衣娃娃與玄衣娃娃聞言不禁嗤笑出聲。

「好哥哥，別出聲，小心嚇跑了人參娃娃，到時都沒得吃了。」白衣娃娃迷迷糊糊地夢囈著。

聞言，紫衣娃娃與玄衣娃娃噤聲，看著睡夢中的白衣娃娃，只覺眉目清俊，肌骨柔嫩，十分可人，同時伸手想捏捏那嫩得可掐出水的臉蛋兒，伸到半途的手卻碰到了一塊，兩個娃抬頭瞪了對方一眼，皆無聲要求對方讓自己先捏，只可惜彼此的目光及意志都十分的強悍，僵持了半天誰也不肯讓誰。

手慢慢收回，目光緊緊絞著，五指微微張開，說時遲那時快，兩隻小手猛然出擊，這一次都中目標，只不過顧得了速度便沒顧著力道，只聽到「哎喲！」一聲痛呼，白衣娃娃反射性地抬起兩手往臉上的「凶器」上狠狠一抓。

「嘶！嘶！」連著兩聲吸氣，卻是紫衣娃娃與玄衣娃娃發出，捏在白衣娃娃臉上的手同時縮回，白嫩的手背上都多了五道紅印。

白衣娃娃打個哈欠睜開眼，有些迷糊地看著面前的紫衣娃娃與玄衣娃娃，不明白怎麼一覺醒來，這個讓她清靜地睡了兩天午覺的好地方怎麼會多了兩個人，而這兩個人還都以一種很是幽怨的目光看著她。

「絲蘭芙蓉雞我已經吃完了，沒有分給你們的！」白衣娃娃衝口而出，以為這兩人發現了她從御膳房偷來的「絲蘭芙蓉雞」，因為想要分吃卻沒有分到而埋怨她，當下立即聲明。

要知道這絲蘭芙蓉雞普天也只有兩隻，一隻她很有義氣地留在了御膳房讓皇帝陛下享用

（當然，她肯留下是因為聽說明日皇帝陛下壽宴時會賜給六州諸侯每人一份，到時她乖乖地做個小公主，父王肯定很高興，就會將那一份也給她吃了），另一隻當仁不讓地先進了她的肚子裡，不過她還是悄悄留了一隻雞腿給寫月哥哥的，只是這兩人都沒寫月哥哥好看，憑什麼分給他們。

紫衣娃娃與玄衣娃娃一聽這話都氣紅了臉，什麼芙蓉雞的，誰稀罕啊！竟將他堂堂世子與叫花子混為一談！

呃？等等！絲蘭芙蓉雞？那稀罕得普天之下也只有兩隻、號稱「地上鳳凰」，只有皇帝才可以享用的雞？

紫衣娃娃與玄衣娃娃同時將目光移向地上那些啃得十分乾淨的骨頭，看了半晌，再將目光移至桌上的白衣娃娃，難道她竟然……

白衣娃娃終於完全清醒了，反應過來自己說了什麼，有些心虛地溜下石桌，看著地上的骨頭，以理直氣壯的語氣道：「這不是雞骨頭……」

被紫衣娃娃燦陽似的金色眸子一射，她語氣稍稍弱了一些，「這是……是我吃的鴨骨頭……」

玄衣娃娃漆黑得像寶石的眸子定定地看著她，令她聲音又小了一些，「這……這至少不是絲蘭芙蓉雞……」

「這是絲蘭芙蓉雞。」玄衣娃娃語氣溫和，笑容溫雅。

「雞冠如蘭，普天皆知。」紫衣娃娃指指地上殘留的雞頭骨上，那形狀完好的蘭冠。

「所以妳偷吃了皇帝陛下的貢品。」玄衣娃娃很是惋惜。

「按律滿門抄斬！」紫衣娃娃語氣森然。

「這……真的是絲蘭芙蓉雞嗎？」白衣娃娃有些遲疑，有些膽怯地問道，足尖更是無助地在地上打著圈圈，那模樣十足無辜。

寫月哥哥說過，遇上強敵時先示弱，而後可攻其不備。

「這是只有皇帝陛下才可以享用的絲蘭芙蓉雞！」

紫衣娃娃與玄衣娃娃同時肯定，都十分同情地看著白衣娃娃。

「那怎麼辦？我要被砍頭嗎？」白衣娃娃雙眼含淚，小手絞著衣襟，楚楚可憐地看著高她半個頭的紫衣娃娃和玄衣娃娃。寫月哥哥說過，女孩兒的眼淚可讓男孩兒化為繞指柔，她雖然不懂什麼叫「繞指柔」，但平日父王的姬妾們經常會淚盈於眶地望著父王，以她的聰明要學還不是易事。

「也許會吧。」玄衣娃娃模稜兩可地點點小腦袋。

「應該是如此。」紫衣娃娃十分肯定地點頭。

「那……兩位小哥哥會救我嗎？」白衣娃娃趕忙求救。寫月哥哥說過，男孩兒都喜歡當英雄，並且特別喜歡英雄救美，她雖然還沒有見過「英雄」，但是她……至少每一個拜見父王的人都誇她將來會是個「美人」，那麼如果這兩人肯幫她，她可以勉強承認他們是「英雄」。

紫衣娃娃與玄衣娃娃聞言，圍著白衣娃娃轉了兩圈，將她仔仔細細地打量了一番，半晌後，兩個娃娃都爽快地點頭。

玄衣娃娃心頭暗自思量，平日父王常說，寧多交小人，不可多樹一敵，他今日不過是只要不說話便可救這白衣娃娃一命，照宮女們常說的「救命之恩當湧泉相報」，那將來他有需時便可要她無償無限地回報，實在是一本萬利的事。

紫衣娃娃想著，平日父王教導，示人以恩，得人以忠，看這白衣娃娃模樣好又生得聰明，以後說不定堪為大用，至於這「大用」到底為何「用」，他雖還沒弄清，但以他的聰明才智，再過一、兩年肯定弄明白了，到時他就可以「大用」此人了。

白衣娃娃一見兩人點頭，不待他們開口承諾，即非常大方地讚美道：「兩位哥哥都是大英雄！」說完還奉上一個大大的笑臉，以示感激。

紫衣娃娃與玄衣娃娃一見她笑，不禁有些驚異，只覺得她一笑清甜淨美，沒由來的便渾身一鬆，通體舒暢。

「兩位哥哥怎麼會來這裡的？」白衣娃娃好奇地問道。

紫衣娃娃抬首透過竹枝仰望高高聳立的八荒塔，以一種不符合他年齡的深沉語調道：「聽說這八荒塔是整個帝都最高的，站在上面連皇宮都踩在腳下。」

玄衣娃娃卻溫文淺笑，道：「只有這裡我還沒有看過。」

「妳又怎麼來這兒的？」紫衣娃娃反問白衣娃娃。

「因為這裡涼快安靜好睡覺。」白衣娃娃答得乾脆。

三個娃娃答完後互相看了一眼，心頭忽然生出一種感覺，模模糊糊地道不明，那時，未來被稱為「亂世三王」的三人都還小，他們還無法分辨那是與命定對手相遇時的緊張與興奮。

「這個地方叫八荒塔嗎？」白衣娃娃脆脆的聲音再次響起。

「是的。」紫衣娃娃點頭，可一說完頓生警惕，往玄衣娃娃看去，正碰上玄衣娃娃轉來的目光，兩人心頭一跳，有些心虛地看向白衣娃娃，希望她不知道。

「原來這裡真叫八荒塔呀！」白衣娃娃一臉高興道，眼珠滴溜溜地瞅著紫衣娃娃和玄衣娃娃，笑得好不燦爛，「聽說這裡沒有皇帝陛下的旨意，擅自闖入者都要被斬頭的，兩位哥哥，是不是呀？」

紫衣娃娃與玄衣娃娃同時盯著白衣娃娃，剛才還覺得乖巧可愛，怎麼眨眼間就變得狡猾討厭了？剛才竟敢玩弄他們！

「兩位哥哥，你們是怎麼來這裡的呀？」白衣娃娃聲音甜美，總算報了剛才處於下風的仇了。

紫衣娃娃與玄衣娃娃互看一眼，達成共識，然後再看向白衣娃娃，三人再次達成共識。

「這不是絲蘭芙蓉雞。」紫衣娃娃從鼻孔裡哼道。

君子報仇，十年不晚，他大度地想著。

玄衣娃娃笑如春風，附和地點頭：「這是鴨骨頭。」

能屈能伸方為真人傑，他很平和地想著。

「嘻嘻！」白衣娃娃笑容歡暢，「我就知道兩位哥哥騙我的，這裡當然不叫八荒塔。」

能欺負人算不得什麼了不起的事，但是能欺負看起來就了不起的人卻是非常愉快的事。她在心底裡非常有成就感地稱讚著自己，回頭跟寫月哥哥說說，哥哥一定會欣喜平日沒有白教她兵法的。

三個娃娃彼此對視一眼，鄭重點頭，默契地達成約定。

正在此時，林中忽然傳來輕輕的鈴鐺脆響，三個娃娃同時轉頭，便見翠竹中慢慢飄動一角粉色，片刻後，便見一個粉衣女娃娃轉了進來。那娃娃眉目如畫，肌膚勝雪，仿如一尊玲瓏剔透、精緻非凡的水晶娃娃，漂亮得令三個娃娃都看呆了。

粉衣娃娃見到竹林中的三個娃娃也是一怔，猶豫不決地站在原地不敢妄動，目光在三個娃娃身上轉了幾圈，最後覺得溫柔微笑的玄衣娃娃最是俊美可親，當下輕盈優美地走過去，牽起玄衣娃娃的衣角，嬌嬌脆脆地喚道：「小哥哥，你知道鳳王的『凰冠』在哪裡嗎？」

呃？三個娃娃聞言不禁一怔，一時未能答話。

「父王說，這裡叫八荒塔，塔裡珍藏著鳳王的冕冠，父王還說，那是比皇后的鳳冠還要尊貴的，被威烈帝陛下親自賜名『凰冠』，純然想要！」粉衣娃娃嬌俏地偏頭，雖然年紀小，可言行姿態間已隱透嫵媚風華。

三個娃娃聽到粉衣娃娃的話，同時瞪圓雙眼看著她，想不到這娃娃雖然看起來最小，可志向倒是挺大的。

「鳳王的凰冠天下只有一頂，鳳王薨逝即被威烈帝封入八荒塔，並下旨『鳳歸九天，凰冠永絕』，便是鳳王後代繼位的青王都不可以戴的，更何況妳。」紫衣娃娃看著這粉衣娃娃著實精緻可愛，不禁好心解釋，以免她為著一頂已蒙塵數百年的古冠而送命。

「可是……可是純然很喜歡！純然想要！」粉衣娃娃聞言嘴一撇，晶珠似的眼淚便撲簌簌地順著晶瑩的臉蛋兒流下來，無限委屈的模樣，看得三個娃娃心頭一軟。

剛才白衣娃娃還只是眼含淚珠，可她卻是立時走珠如雨落，很顯然，比白衣娃娃更是功高一籌。

玄衣娃娃當下非常罕有的軟心腸一回也熱心腸一回，低頭撫了撫粉衣娃娃的頭頂哄道：

「乖哦，不哭。那凰冠都放了幾百年了，肯定又破又舊，妹妹妳生得這般漂亮，以後說不定會是天下第一的美人，那只有天下間最美的女子戴的鳳冠才配得上妳的。」他的語氣神態是那麼的溫雅真誠，實在讓人不忍心生懷疑。

「鳳冠很漂亮嗎？」粉衣娃娃一聽，當下止淚，滿是希冀地望著玄衣娃娃。

「當然。」玄衣娃娃點頭，俊雅的面孔一片赤誠，「皇后母儀天下，是天下間最美的女子，所以妹妹以後要戴皇后的鳳冠，別要鳳王的凰冠。」說罷還微微彎腰似要與粉衣娃娃說悄悄話，只是紫衣娃娃與白衣娃娃卻都聽得清楚，「悄悄告訴妳哦，聽說鳳王生得很醜。」

「那好，純然不要凰冠，純然要做天下最美的女子，戴最漂亮的鳳冠！」粉衣娃娃當下高興地拍拍小手掌，重新確定目標。

一旁的紫衣娃娃對玄衣娃娃這麼快哄好粉衣娃娃有些妒忌，而對粉衣娃娃竟分不清鳳冠與凰冠孰尊孰卑有些鄙夷，當下頗有些不是滋味地仰首望天，以示不同流合烏。

而白衣娃娃卻對玄衣娃娃的信口雌黃並且哄騙這麼可愛的粉衣娃娃的行為有些生氣，可又不忍心拆穿玄衣娃娃的謊言令粉衣娃娃哭泣，當下很是不忿地抬首看天，以示不予計較。

紫衣娃娃與白衣娃娃這一看卻是驚呆了。

原來，在他們頭頂的竹梢上竟坐著一個不染纖塵的白玉娃娃，正以一種深幽沉靜的目光看著地上的他們，那娃娃看模樣比他們大不了多少，卻可輕鬆地坐在柔軟脆弱的竹梢上，微風拂動竹梢，他也隨風而動，這令紫衣娃娃與白衣娃娃震驚佩服，畢竟當時的他們是無論如何也做不到的。

「你是誰？」紫衣娃娃揚聲問道。

「你是神仙哥哥嗎？」白衣娃娃也問道。

玄衣娃娃與粉衣娃娃聽到他們的問話，也抬頭望去，然後都驚異不已地看著竹梢上那飄然欲飛的白玉娃娃。

白玉娃娃卻不答話，只是靜靜地看著竹林中的四個娃娃，哪一個是他要找的呢？或許去過蒼茫山後便會知道吧。

「還會見的。」

淡然飄忽的嗓音響起，白玉娃娃從竹梢上起身，足尖在梢上一點，那小小的身影便飛向半空，眨眼間便不見蹤影。

「啊，那肯定是天上的白玉仙人哥哥！」白衣娃娃無限感慨，無限崇拜，無限神往地看著白玉娃娃消失的方向道。

「神仙都是有鬍子的！」紫衣娃娃糾正她，並且強調，「而且我以後也可以飛到竹梢上去，絕對比他還要高！」

「那是假的神仙。」玄衣娃娃則反駁。

「那是真的神仙！」白衣娃娃卻堅持道。

「不是！」

「是假的！」

「是真的！」

三個娃娃不依不饒地爭起來，一旁的粉衣娃娃便優雅地在石凳上坐下，並從袖中掏出粉色的絲帕拭了拭臉上的淚珠，一邊津津有味地看著爭吵的三個娃娃。

那便是風惜雲、豐蘭息、皇朝、華純然、玉無緣的第一次相見。

那時候他們年紀小，只是在皇宮禁地偶然相遇。

他們那時並不知道，這一別後他們很多年都未再見，以致歸去後不多久，這一次短短的初會隨著他們的成長便在彼此的記憶中淡忘。

他們也不知道，很多年後，長大了的他們再會之時，會有哪些糾纏與牽畔。

他們更不知道，很多年後，立於亂世最巔峰的他們在歷史的舞臺上重會時，共同演繹出一幕幕絕世傳奇，彼此給予最刻骨的悲喜哀樂。

他們還不知道，很多年後，此刻漠然看待的娃娃會在彼此的生命中融血滲骨。

這八荒塔下，幾個身分不凡的娃娃未通名姓、未報家門便已暗暗地交鋒了小小一番，以平局結束。

那時小小的他們各自的習性已開始成型，雖各有些聰明，各有些狡猾，但他們那會兒還算純真良善，都還肯直言自己的願望，那些日後影響他們一生的話，在那時他們曾經坦承相訴。

一個想要站在至高之處俯視天下。

一個要將未看過的看盡。

一個只是想尋個清涼靜地睡覺。

一個想要戴女子至尊之冠。

還有一個，正沿著家族宿命邁出他人生悲歡難辨的第一步。

很多年後，作為對手、朋友、敵人、親人相遇時，他們雖想不起這幼時的一面，也記不得這一天曾說過的話，但他們都各得其願，也各失其有。

只是，八荒塔下的相遇卻隨著時間長河的流淌而悄然流逝，最後煙消雲散。

只是，他們當時年紀小吧。

第二章 平淡夫妻事事「悲」——風息篇

話說豐息和風夕領著那五十車的行李及一群屬下，一路行去，一個月後，到了某座山下，再一日後，到了某座山谷。

山谷四面環山，谷內十分開闊，又早有先到的屬下打點過了，所以他們到時，這裡已是有湖、有溪、有田、有地、有花、有樹、有房、有舍的世外桃源。

「倒是個耕讀的好居所。」當時風夕是這麼感慨的，然後就和新晉升為她夫婿的人商量，「到了這裡，不用處理朝政，也不用打仗，我們可以過一過男耕女織的田園生活了。」

豐息欣然點頭，「那我們就如民間的夫妻那樣，過一過男主外、女主內的日子。」

夫妻倆便如此拍板了。

那些屋舍是先前來的屬下建的，如今兩位主上到了，自然是要按他們的要求建更大、更好、更舒服的庭園來住，於是在屬下們忙著給他們建居所的時候，倆夫妻則暫時住在屬下騰出的一間屋舍裡，開始過起男耕女織的日子。

所謂男耕女織，簡單來說，就是男人在外耕作，種出穀物、菜蔬，以保證一家人能吃飽，女人則在家做飯、打掃、裁織，以保證有熱的飯食可吃，有乾淨的屋舍可住，有衣裳可穿。

於是乎，白天，豐息讓一名懂耕種的屬下領著，去鋤地挖田，去播種栽菜，風夕則在家生火做飯，打掃屋舍，洗滌衣物。

如此過了三天，第四日薄暮。

豐息拖著鋤頭扶著腰往家走，到了門口，便看見坐在階前揉著手腕等著他的風夕。夫妻兩人彼此打量了一番，再對視一眼，然後齊齊嘆氣。

「郎君。」風夕掐著嗓子，「可憐這風吹日曬的，你臉都成枯樹皮了。」

那聲「郎君」讓豐息抖了抖，然後他一臉深情地道：「卿卿，可憐這油熏煙染的，妳都快成黃臉婆了。」

一聲「卿卿」，風夕連打了兩個哆嗦，不再掐嗓子了，而是一臉溫柔地道：「郎君，你這雙手……哎呀，都長水泡了，這以後可怎麼寫詩吹笛呀。」

要表溫柔體貼，豐息自是信手拈來，當下柔情似水地牽起妻子的手，「卿卿，妳這手……唉，可憐的，都長繭了，這以後可怎麼彈琴畫畫呀。」

兩人似乎並沒有感覺到自己的「辛苦」，只是「疼惜」著對方，執手相看，頗為動容，差一點點就能到達「無語凝噎」的境界。

「含情脈脈」地對視了一會兒，還是風夕先敗下陣來，「我看這男耕女織的日子不大好過，我們換一種吧。」

豐息自是求之不得，環顧四周，道：「以前我們要做的事太多了，老是感慨沒得閒暇，如今既然到了這山清水秀的地方隱居，那我們就過著悠閒安樂的日子得了。」

於是乎，兩人放棄了田園耕作，改為清閒度日。

對於他們這幾日的勞作，一干屬下悄悄點評：兩位主上完全是吃飽了撐著，沒事找事做，結果自討苦吃。

清閒度日，顧名思義，整日不用做啥，自己想如何過就如何過。

第一天。

豐息扛了根漁竿，去湖邊釣魚，只是當豐公子看到屬下給魚鉤掛上的魚餌——一條扭動的蚯蚓時，當即噁心得甩了漁竿，並且下令，以後飯桌上嚴禁出現魚。

風夕則去山裡轉悠，想看看有什麼珍奇野獸沒，要有中意的就捉隻回來養或者吃，不過轉了大半日，別說珍奇，就是老虎、狼、狐、豹這類凶猛的也半隻沒看到，只有幾隻灰毛毛的野兔、野雞、野豬，而對於這種沒有半點挑戰性的小東西，風女俠指尖都不想動一下。

第二天。

豐息覺得可以做做他擅長的事——養花，於是指揮著幾名屬下，挖出幾塊花田，將帶來養在院子裡的珍稀蘭花自花盆裡移到花田裡，想著以後一定要讓這山谷裡開滿蘭花。只是翌日他再去花田時，卻發現栽下的蘭花全都不見了枝葉，田裡只留幾行野豬蹄印。

豐公子看著昨日還青青翠翠，今日卻只剩光禿禿花根的花田，心裡頭割肉似的痛。

風夕沒去山裡轉悠，想她做過公主、做過將軍、做過女王、做過女俠，甚至偶爾還扮過乞丐、裝過無賴，可就是沒做過閨秀，於是閉門在家，尋了針線過來，想繡個鴛鴦戲水的帕子，回頭甩豐公子臉上，也表一表她的賢良淑德。奈何，十根指頭上都扎滿血洞了，那帕子上只糾結著一團線，以她十丈外也可看清螞蟻爬行路線的眼睛看了半天，也沒能看出那是團什麼，至於鴛鴦……風女俠覺得還是去湖邊看算了。

第三天……

大清早，豐公子與風女俠站在門前，環顧四周，再面面相覷。

半晌後，豐公子問：「妳今天打算怎麼過？」不如她幹什麼，他也跟著吧。

風女俠反問：「你打算怎麼過？」實在沒想做的，不如跟著他吧。

沉默。

最後，兩人長長嘆息。

「這清閒日子也不好過了。」豐公子按按眉心，「我們不如再換一種。」

風女俠深表認同，「那你說過哪種日子？」

豐公子看著風女俠。

風女俠看著豐公子。

看著看著，豐公子腦中閃過一個念頭，於是他長吁短嘆，「這半生都快要過完了，可從相識到現在，妳對著我大半時候都是冷嘲熱諷，要不就是一言不合跟我打一架，如今好不容易成婚了，也少有溫言軟語，更別說什麼舉案齊眉，琴瑟在御了。」

一番話聽完，風女俠眨眨眼睛，明白了，「晨起郎君畫眉，夜來紅袖添香？」

豐公子微笑頷首，「然也。」

豐郎畫眉，風卿添香……想像一下，這是很美好、很恩愛的旖旎風光。

第一天。

清早起床，當風夕洗漱後，坐在妝臺前梳頭，豐息很自覺地走過去，為愛妻畫眉。只是他在妝臺前掃視了一番後，問：「石黛呢？眉筆呢？」

風夕梳頭的手頓住，目光也在妝臺上掃了一圈，然後很是心虛。

妝臺上別說沒有畫眉用的石黛，便是胭脂水粉這些也沒有，就幾支釵環。

豐息無語，很想吐一句「妳還是不是女人」，但看著愛妻清眉俊目的面容，頓時又笑如春風，「有道是清水出芙蓉，卿卿不需要那些庸脂俗粉來修飾。」

晚上，自然是紅袖添香了。

豐息決定畫目前居住的山谷，於是風夕為他倒茶磨墨，豐公子認真地畫著畫，等覺得硯臺沒墨、茶杯沒水的時候，抬頭一看，風女俠已趴在案上睡著了。

第二天。

鑒於昨日缺了畫眉的必要工具，是以豐息先從一名女屬下那裡弄來了石黛、眉筆，所以等風夕梳好了頭髮，他便走過去，拾起眉筆，蘸好石黛，抬頭要畫時，他看著妻子的眉毛又頓住了。

「怎麼了？」這回輪到風夕有疑問了。

豐息盯著半晌，然後嘆氣，將妻子的頭轉向鏡子，「要怎麼畫？」

明亮的鏡身裡，映出風夕的面容，光潔的額頭上，兩道眉毛纖長平直，烏黑挺秀，畫了反倒是多此一舉。

晚上，豐息繼續昨日沒畫完的畫，因為昨天不小心睡著了，於是今天風夕拿了卷書在手，以驅瞌睡蟲。只是——

豐公子看著案前看書入迷的風女俠，提醒道：「茶喝完了，添一杯。」

風女俠躺在榻上，翹著腿，聽到這話，只是手一伸，茶杯遞過來了，「給我也倒一杯。」

……

谷中待了一個月後，某日，兩人爬上高山。

風夕眺望遠方，道：「我們還是出山去吧。」

豐息仰頭，望向碧空，「然。」

是龍，就要游在大海裡。

是鳳，就要飛在九霄上。

第三章　小雪初霽晴方好——雪空篇

昔澤三年，冬。

湛藍的天空如一方無瑕的暖玉，瑩潤澄澈，朗日輕輕灑下暖輝，將下方的青山綠水，紅樓碧瓦上鍍了一層明亮的光華，明耀地昭示著這個太平天下。

長長的隊伍從大堂一直排到街上，從白髮蒼顏的老人至不及三尺的幼童，從六尺大漢至嬌嬌弱女，無論是紫袍絳服還是白衣青衫，所有的人都是規規矩矩，安安靜靜地排著隊。

臨街的牌匾上三個斗大的隸書——品玉軒。不過是簡樸的白板，平常的素墨，偏這三字卻盡顯雍容格度，令人見之生敬。

品玉軒，天下人都知道，這是一座醫館，天下人也都知道，這品玉軒中的主人是天下第一的神醫——有著「木觀音、活菩薩」之稱的君品玉。天下人更知道這君神醫醫人的規矩：無論貴賤貧富，求醫者一律親自到品玉軒，神醫都會親自診斷，但恕不上門出診。

大堂裡，一個年約二十出頭的年輕女子正端坐在長案後，耐心地聽著案前坐著的病人講述病痛。

那女子一襲淡青衣裙，頭上僅一支黃玉釵挽著滿頭青絲，修飾得甚是樸素，卻生得極為妍麗，一張完美的鵝蛋臉，雪膚黛眉，杏眸櫻唇，端是難得一見的佳人，更兼眉目間那柔和慈憫的神態，讓人生了再重的病，見到她也要緩上三分。

「老人家，按這藥方抓藥，早晚一劑，半月後當可痊癒。」不但人美，便是那聲音也是柔潤如水，清清暢暢地流過，怡心怡脾。

「好好好。」病人連連點頭，臉上堆滿感激的笑，「多謝君菩薩。」

「石硯，送送老人家。」君品玉淡淡頷首，然後目光轉向下一位病人，慈憫的神態間未有絲毫改變，「這位大爺有哪裡不妥？」

這一邊，君品玉有條不紊地診病開方，而大堂的另一邊卻靜立著五名男子，目光炯炯地看著她。

那五名男子當中有一人年約二十七、八，著一襲淺紫長袍，除頭頂束髮玉冠外，全身無一絲奢華之物，卻氣度高華凜然，目光顧盼間自有一種令人不敢對視的威儀。而他身後作隨從打扮的四名男子雖無主人的出色儀表，但也都挺拔英武，望之不俗。

這五人巳時即至，卻不見其排隊問診，也不向主人問座請茶，只是站在一旁看著，看這簡樸的品玉軒，看這品玉軒的女神醫，看醫館中的學徒，看那些排隊治病的病人。

而觀這五人，也不似有病，石硯曾上前招呼，若是看病便請排隊，若是有事找師傅，便請酉時再來。為首之人只是淡笑搖頭，那模樣倒似石硯的詢問打擾了他，於是石硯便也不再多管，自一旁忙去，畢竟跟隨師傅時日已久，什麼樣的怪人沒見過呢。

申時四刻，乃是品玉軒閉館之時。

送走最後一個病人，人來人往了一天的品玉軒終於安靜下來，頗有倦色的君品玉揉了揉眉心，目光掃一眼那五人，也未有理會，自入後堂去，而幾名學徒則迅速地整理打掃，完事後也回後堂去，只餘那五名男子依舊佇立於堂中。

「主人？」四名隨從中有人開口，畢竟以他們主人的身分豈能被如此冷待。

為首的紫衣男子搖搖頭，目光輕輕掃向堂中的一張椅上，馬上便有隨從會意，將椅子搬過來，紫衣男子當下舒服地坐下，然後才淡然開口道：「不急。」

四名隨從點頭，靜靜地立於他身後。

沙漏輕瀉，時光流逝。酉時已至，堂中光線轉暗，夜幕已悄悄掩下。

阻隔內堂的那道青簾終於掀起，一道橘紅的燈光射入堂中，走出一身素裙的君品玉，手挑一盞小巧宮燈，照著眉目間那一份慈柔，仿如臨世觀音。

「幾位已候一日，也觀品玉醫人一日，既然等到現在依舊未離去，想來品玉這點微技還堪入目，只是恕品玉笨拙，不知幾位前來到底有何事？」

君品玉將燈掛於架上，施施然地在問診的椅上坐下，杏眸望向紫衣男子。

紫衣男子也看著君品玉，似審視又似讚賞，片刻後才道：「我確實有事相求姑娘。」

「哦。」君品玉了然點頭。

「我想請姑娘前往家中為家兄治病。」紫衣男子起身施禮道。

這一禮令他身後的四名隨從微微變色，然後目光一致地射向君品玉，似乎她若是敢坐著受這一禮，他們便……嗯，他們此刻也不敢怎樣，但不滿總是要表達的。

還好，君品玉離座側身回禮，她當然不是怕了那四人的目光，一來她並非妄自尊大之人，二來眼前這人讓她下意識地覺得不可貿然受禮。

「公子既來品玉軒，那便應知品玉軒的規矩。」君品玉輕言細語道。

「姑娘從不離品玉軒，這一點我知道，只是……」紫衣男子隱有些煩憂地嘆一口氣，「只是家兄實也不便前來，所以我才想懇請姑娘，是否能行個方便？」

「品玉自十二歲開館行醫以來，館規十年未改。」君品玉又施施然坐下，語氣就如問診之時的柔潤清和，「無論貴賤貧富，想要求醫者必要遵品玉軒的規矩。」

「這樣麼？」紫衣男子眉間神色凝重。

「主人……」那四名隨從對於主人如此低聲下氣的請求，而對方卻不願為之很是不忿，以他們主人的身分，這世上有何事需他做如此委屈之態。

紫衣男子擺擺手，制止四人，然後目光微有些焦灼地看向君品玉，「姑娘，家兄……家兄實不能前來，我將家兄的病情講與姑娘聽，姑娘可否診斷？」

君品玉擰眉，本想拒絕，可那男子的目光卻令她一頓。

見她不語，紫衣男子更是急了，向前幾步，立於長案前，「姑娘妙手救了天下許多人，但家兄救的人卻比姑娘更多，他之生死關乎整個天下……」講到這顯然意識到講了不該講的，話音便一頓，緩一口氣，才繼續道，「家兄若能病好，則可救更多的人，姑娘菩薩心腸，還盼施以妙手。」

君品玉凝眸看著紫衣男子，依舊從容道：「公子既道令兄所救之人比品玉更多，那自是醫術更勝品玉，又何須求助於品玉？若以令兄之醫術都不能自救，那品玉這點微末之技又如何能救得？」

「不是的。」紫衣男子搖頭，「姑娘以醫術救人，但家兄與姑娘不同的，他並不懂醫術，卻是以另一種方式救了這天下許許多多的人家。」

他言語隱晦，君品玉也不追問，只是語氣柔和地道：「若是求醫，那便請病人親自上門，就算是病入膏肓，一乘軟轎、一輛馬車都可送來。」

「唉，別說他未至如此，便是行坐不良，他又豈會讓人抬。」紫衣男子幽幽而嘆，「平日裡連那些御……譽滿一方的名醫的診斷他都嗤之以鼻，被他罵為庸醫，開出藥方也道是浪費藥材，從不肯用。他行事總只求己身痛快無悔，卻不顧別人心情，他……唉！不瞞姑娘，我此次前來還是瞞著家兄的，回去若被他知曉，說不定還會被訓一頓的。」

君品玉聞言，黛眉略略一皺，道：「令兄如此諱疾忌醫，不知珍惜性命，旁人再急，又能如何。」

君品玉這話隱帶苛責之意，四名隨從頗有怒顏，紫衣男子卻只是輕輕搖頭道：「他也非如姑娘所言之不惜性命，只是他呀……」語氣一頓，似是不知要從何說起，又似有一言難盡的悵然，目光落向那燈架上的宮燈，似透過那明亮的燈火仰視那如日般耀目的兄長。

片刻後才聽他繼續道：「家兄的病這些年來也算是看盡天下名醫，也是用盡靈藥，奈何皆無良效，唯有一故人所留之藥能稍緩其症，是以他便不肯再用別人的藥，也嚴禁家人再尋醫訪藥，以免浪費人力錢物。只是他的病一年重似一年，故人之藥也不能根治其病，他病發之時總是強自忍耐並瞞著我們，可我們這些親人又豈能不知。所以……因姑娘素有神醫之名，我此番前來，只盼能求得良方，好救兄長。」

說罷，他看向君品玉，眸中隱有企盼，「姑娘就聽聽家兄的病情，看在他也曾救人無數的份上，為其開一方良藥可好？」

君品玉看著眼前這紫衣男子，觀其眉目，鋒藏骨傲，當是極其剛強之人，可他此時卻肯低頭求助於她；視其氣度，雍容凜然，定是大富大貴之家，可他此時卻肯卑微地乞求於她。以往所見，如此身分之人求醫之時，要麼盛氣凌人，要麼錢財壓人，不得之時，不是言語辱之，便是痛哭嚎之。而這男子雖低頭求人，卻不失儀禮，雖失望焦灼，也不失風度，有如此不凡的弟弟，那哥哥又會是何等人物？

「說來聽聽。」她沉吟良久，終於開口。

一言既出，紫衣男子頓時面露喜色，當下便將其兄病況一五一十地道來，講述之時也不忘觀察君品玉之神色，見其眉峰不動，面容平靜，倒有些心安，只道兄長之病在這位女神醫看來定是不重，講得更是詳盡了，就盼這神醫瞭解得更澈底些，好一把根除兄長的病。

只是當君品玉聽完他的講述後，卻輕輕吐出兩字：「無治。」

「什麼？」不但紫衣男子聞言變色，便是他身後那四名隨從也面露驚慌。

君品玉卻並不為他們神色所動，平靜清晰地道：「聽你所言，令兄之病乃他三年多前所受箭傷引起，當年身受重傷不但不臥床根治靜養，更兼傷未好即四處奔波操勞，此便已種下病根。再加你剛才所言，他這些年來宵旰憂勞，未曾有一日好好歇養，要知人乃五穀養就的凡身肉胎，非鐵身銅骨，他此時必已心力交瘁，體竭神哀，若是普通人一年前大約便已死了，令兄能拖至今日，一方面乃他故人良藥所養，另一方面……」

語氣一頓，杏眸靜靜打量紫衣男子一眼，道：「觀你精氣，應有一身武藝，令兄想來也不低於你，所以他能拖至今日，也不過賴其一身修為在強撐，耗竭之時，便也是命斷之日。自身知自事，是以令兄才會禁止你們尋醫訪藥。」

君品玉依是神色靜然，只是將這斷人生死之語也說得這般慈和的人卻是少有。

紫衣男子此刻已是面色慘白，牙關緊咬，雖力持鎮定，卻已無法掩飾目中憂痛之色。他非愚人，也非不肯面對現實的弱者，這些年來那些名醫的診斷無一不是如此結果，只是他總不肯放棄，總覺得兄長那等人物豈會被一小小箭傷所累而至送命。所以他一次又一次的尋訪名醫，總盼著下一個能有不一樣的診斷，可眼前……眼前這有著天下第一神醫之稱的人也如此下論，不啻是閻羅王下的生死帖。

「品玉雖有薄技，但也非起死回生之神仙。依令兄病情，已無須親診，公子若想令兄活久些，便從今日起，勸其安心靜養，不再勞心耗神，再輔以良藥，或還能活至明年夏天。」君品玉看著紫衣男子的悲痛之情雖有惻隱，但亦無能為力。

「明年夏天？」紫衣男子有些呆滯地看著君品玉。

「是的。」君品玉點頭，「強弩之末豈可久持。」

「現已近臘月，竟連一年都不到？可是我如何勸阻於他，能令他言聽計從的人早已走了。」紫衣男子喃喃念到，目光呆愣，身形搖晃，那模樣顯然是打擊過甚，一時神癡魂渙，足見其兄弟情深。

正在此時，堂外傳來輕淺的腳步聲，漸行漸近，然後一道修長的身影步入大堂。

那身影一走入，堂中霎時光華迸射，昏暗的燈火也分外明亮起來，堂中幾人頓時都將目光移去，便是那失神的紫衣男子也移目看去。

那是一名與紫衣男子年紀相仿的男子，彷彿是從雪中走來的仙人般，雪般潔柔的長髮輕瀉了一身，雪般淨美的容顏更勝絕色佳人，但那斜飛入鬢的兩道墨色劍眉卻平添了凜然英氣，如冰般透澈的雙眸射出的是冷利鋒芒，偏一身淺藍的衣衫又淡化了他一身冷肅的氣息，漓漓淩淩，化為男兒的傲世清華。

幾人這一看，頓生各樣變化。

君品玉柔和平靜的目光掠起一絲微瀾，慈憫的臉上也浮起一絲淡柔的淺笑，「你回來了。」

只是她這一聲問候卻無人答應。

那進來的人此時定定地看著紫衣男子，冷然如冰的臉上裂開一道細縫，露出驚愕的神情，而紫衣男子更是瞪大一雙眼睛，仿如見鬼一般地看著他，只不過常人見到鬼不會如他這般興奮激動罷了；而那四名隨從也如主人一般瞪大眼睛，一臉震驚。

一時堂中靜如極淵，只聞呼吸之聲。

「雪人！」

一聲響亮的呼喚，劃破靜寂，一道紫影瞬間掠過，帶起急風晃起了燈架上的宮燈，霎時堂中燈影搖曳。

「雪人、雪人！你沒死呀！太好了，雪人沒死呀！」只聽紫衣男子連連呼喚，而他人已至那淺藍身影前，一把抱住了藍衣男子，一雙手死命地拍著他的背，「雪人，你真的沒死呀！」

那素來冷淡的藍衣男子此時竟也任他抱了、拍了，似也需這熱切的言語，這激烈的碰觸來確定對方。

「雪人，我哪兒都找不到你，以為你死了，可是皇……大哥卻說你沒死，原來大哥真的說對了啊，你真的沒死呀！太好了，沒死呀……」

紫衣男子不住地念叨，堂中數人全都瞪眼看著他激動的言行，一時似有些反應不過來。

「雪人、雪人，你怎麼不說話？」紫衣男子見藍衣男子久久不回應，不禁放開他，目光上下打量了一番，然後嘴一咧，綻開一臉朝陽般燦華的笑容，「我知道了，你這雪人肯定是見到我太高興了，太激動了，所以一時不能言語！哈哈，雪人，你想念我了吧。太久沒見到我激動得想流淚了吧！哈哈，放心，你想流就流吧，我決不會笑你的。」邊說邊拍拍他的肩膀，「雪人，我雖然沒有一點兒想念你，但是見到你還沒有化成灰，我還是有一點點高興的，你不用太感激我的。」

紫衣男子這一番話說完，原本覺著他大家風範，雍容尊貴的君品玉此時不禁懷疑起自己的眼光，眼前這人似眨眼間便倒退了十歲。

而藍衣男子只是一挑眉頭，淡淡看著紫衣男子道：「九霜不在，想不到你一人也可以這麼聒噪。」

「聒噪？你竟然說我聒噪！」紫衣男子馬上跳腳嚷了起來，抬手成拳擊在藍衣男子肩上，「枉費我自你失蹤後日夜擔憂，枉費我還每日派人打掃你的房子，枉費我還上廟裡為你求平安籤，枉費我還……」

紫衣男子說著許許多多的「枉費」，那藍衣男子說嫌他聒噪卻也未加阻止，只是靜靜站著，任憑他的拳擊打在身上，雖然有些疼，但疼得溫暖，疼得痛快。

而君品玉此時看這紫衣男子只覺他又倒退了十歲，不過是一賴皮小孩兒，被同伴一句話刺著了要害處，不禁惱羞成怒，打打罵罵地欺負著，可這欺負倒似是說「我們這麼久不見，我不欺負你一下怎能顯出我和你的好來」。

而那人……她目光移向藍衣男子，見其非但未有嫌惡，冰般透澈的眸子裡射出絲絲暖光，這倒是稀奇了。

三年前，那個雪夜裡，本已睡下的她忽被石硯的驚叫聲喚醒，披衣起身，出了門，便見石硯他們幾個抬著一個雪血交融的人至她門前。

睡在後堂的石硯本已睡著了的，誰知被院中響聲驚醒，起床開門，便見院中臥著一個血人，雖是驚疑不已，但察探下知這人還有氣息，當是救人要緊，忙喚起師弟們，將其抬至她院中。

他身上只有一道劍傷，偏那一劍極深極重。

前一年裡，他幾乎都臥於床榻，至第二年，才可勉強起身，但也只限於房中慢慢活動，第二年過完之時才算完全康復。

想起為他治傷的那前一年裡，他閉口不言，從未道及自己的來歷，也不問及他自己身在何方，只是靜靜地躺著，任人施為，偶爾裡，目光移向窗外，張望一眼那通透的藍空，但眸中神色黯淡陰鬱，令人見之揪心。

她常年接觸的便是徘徊生死間的病人，自能瞭解那樣的眼神，那是心若死灰之人才有的絕望。明明如此年輕出色的人物，為何卻有如此眼神？她憶起自身，對他便心生一份同病相憐，雖不知其來歷，卻依是盡心醫治，偶爾得閒，也來他病榻前閒說幾句，基本都是她在說，他從未回答，但她知道他都聽進去了。

直到有一天，因白日裡她醫治了一個重傷的江湖人，是以晚間洗去一身血腥後來他的房中閒說，便自然地說起了江湖間的事蹟，也很自然地說起江湖人的武功，然後她很自然地便說：「雖不知傷你的是何人，但從傷口來看，那人定是罕世高手，那一劍分寸拿捏得絲毫不差，不要你的命，卻可令你重傷兩年不起。」

就在她那一句話說完，他死灰一般的眼眸忽閃現一絲亮光，那總是漠然望著屋頂的雙眸也立時轉向了她，似在向她確認。那刻，她知道，傷他之人必是他心中極重要的人，傷在身，痛在心，而她這一句話，卻解開了他的心結。

第二日，她再去看他之時，他終於開口：「雪空。」只是簡短的兩字，但她知道他是在告訴她，他的名字。那時，素來心緒淡然的她竟隱有愉悅。她想，這人是打算要活下去了，活著的生命當比死去的令人開心。

而那以後，他雖然依舊言語不多，但在她問話之時偶有回答，且治療時極其配合，不再是生死無關的漠然，眉眼間神韻漸現，那罕世的容顏、冷冽的清華氣度，常令軒裡的徒弟們失神。

待他漸漸好起，能自由活動之後，便常見他在院中練劍。她雖通武藝，但也只是練有幾分內功，為著救人之時方便，而於其他卻是懶於練習，武技一途不及醫術一半，只是平日接觸的江湖人不少，稍有些眼力，看得出他的劍術極其高明。再有時間，他便是待在她的書房，只可惜她的書籍大多都是醫書，難得他看得進去。

待他傷好後也未曾離去，而兩年的相處，品玉軒的人都當他是自己人了，一個個都待他極好，巴不得他不走，所以他便留在了品玉軒，偶爾太忙之時他也伸手幫忙，只是他的幫忙很難生效，那樣特異的容色，無論病人還是徒弟們常都只顧著看他去了，是以幾次後他便極少出內堂，倒是常上天支山去，早出晚歸，回來時還會帶回一些草藥，想來書房中的那些醫書他定是看了不少的。

她雖非江湖人，也不與朝堂接觸，但接觸的人多了，自也能看明白一些事——雪空必不是凡品。只不過，她行醫已久，看慣了生離死別，也看淡了世情百態。這人來了便來了吧，若要去時那便也去吧。

如此一年又過去，品玉軒的人似都忘了他是憑空而來的人，只當他就是這品玉軒的人，一輩子都在此了。

可此刻，眼前這身分不明卻定是來歷非凡的紫衣男子親密地喚著他「雪人」，而冷淡待人的他卻肯任他摟抱捶打，那眸中分明有著暖意與愉悅。

他該是離去了吧？

「雪人，你既然沒事，為什麼不回去？你不知道我們有多擔心你嗎？竟是連個信也不給我們，你真是雪做的啊，沒一點人情味！」

這邊君品玉一番思量，那邊紫衣男子還在嘮叨。

「雪人，你這麼久都不回去是不是因為這個女人？」紫衣男子忽然眼睛一轉，手指向君品玉。

君品玉倒不防他有這一說，雖有些訝異，但也無一般女子的羞惱，只是淡淡看一眼此刻眉飛色舞的紫衣男子。他此時倒似忘了兄長的病，而那一身的雍容貴氣早已蕩然無存，不知他是很會裝，還是他素來便有兩副面貌。

雪空與他相處多年，自知他的性子，只是淡然道：「我受傷了，一直在此養傷。」

三年有多的時光便用這簡簡單單的一句帶過。

「受傷？」紫衣男子趕忙將他全身打量了一番，見他看似無礙，這才放下心來，「當初在康城……原來你受了傷啊，現在好了吧？當年沒有你的消息，我和九霜要派人去找你，可是大哥卻說不必了，他說你決不會死，那時我怎麼也不能安心，今日我倒是信了。」

「主……主人他……好嗎？」雪空冰眸閃爍一下，輕輕問了一句。

他這一問，倒是將紫衣男子的開心全給問回去了，一下怔在那兒不知要如何作答。

紫衣男子的猶疑令雪空眉峰一鎖，凝眸打量著他，問道：「你為何會來此？」

「我……」紫衣男子張口，目光卻掃向君品玉，再看看雪空，似不知到底要不要說出實話。

可雪空也非愚人，一看再一思量便是明白了，「來品玉軒的都是為著求醫，你來……」目光仔仔細細打量了紫衣男子一番，「你無病無傷，那能令你前來的必是九霜或者……」話音一收，冰眸中已是利鋒迸射，「誰病了？」

那三字說得緩慢，卻低沉有力，隱透著壓迫之感，那五人未曾如何，君品玉卻是目露異色。

「九霜很好。」紫衣男子避重就輕。

「皇雨！」雪空的聲音中變冷。

「唉，」紫衣男子——皇雨輕輕嘆息，「是大哥。」

「怎樣？」雪空猛然抓住皇雨的肩膀，急急問道，問出後，心中卻馬上明白了。會來品玉軒求這第一神醫的，必是極難醫治之病，而能讓他親自來此，那必是嚴重至極，否則……剎那間，他的雙眸忽生變化，瞳仁奇異地湧現出一抹藍色，由淡至深，最後化為雪原藍空般純麗淨透。

一旁看著的君品玉暗自驚異，雖不明白為何他瞳眸會變色，但從他的神色卻已知他此時情緒極其激動。這個人一直冷如冰雪，自身的生死都不能令他動色，可此刻……真不知那能令他如此的是個什麼樣的人？她暗暗淡然一笑，心頭卻有些不明所以的失落。

「當年的箭傷一直未能痊癒，反成病根，再加這些年來他日夜憂勞，他……」皇雨的話有些吞吞吐吐，目光看向君品玉，依然盼著她能說出相反的結論，奈何君品玉神色不變，他深深吸一口氣，才幽幽道，「剛才，這位君神醫已下診斷，大哥他……他活不過明年夏天……」最後一字說完，似扯痛了心上的某根線，不禁令他臉上痙攣。

「什麼？」雪空愕然瞪大眼睛，似不肯承認現實般地瞪視著皇雨，然後緩緩移首，望向君品玉。

一時間，堂中一片靜寂。

半晌後，輕輕的腳步聲響起，雪空慢慢走至君品玉面前，定定看著她，然後推金山、傾玉柱地屈膝跪於地上。

此舉，不但君品玉震驚起身，便是皇雨也是一臉驚色，疾步上前，一邊喚著「雪人！」一邊伸手去拉他。

可雪空卻似生了根般跪在地上，目光明亮清澈卻同樣也犀利威嚴，「得姑娘救命，卻一直未曾言明身分，是雪空之過。雪空乃昔日冀州掃雪將軍蕭雪空。雪空此生除了跪天地、君王、父母外，未曾跪於他人，此生也從未求過人，但此刻厚顏乞求，求姑娘救我主上一命！姑娘救命之恩和救主之恩，雪空來生必當結草銜環相報！」說罷，重重叩下三個響頭。

「雪人，你……」皇雨看著蕭雪空這般舉動，心頭酸甜悲喜竟全都有。

君品玉定定地看著地上的蕭雪空，她當然知道眼前之人是個冰雪冷傲的人物，可到底是什麼人，能令他如此？那刻，一貫淡然的心境湧出微微酸澀，依稀間，似極久以前也曾如此心酸苦鬱過。

「原來是『風霜雪雨』四將之一的掃雪將軍。」君品玉輕輕啟口，杏眸婉轉，移向紫衣男子，「想來這位便是昔日『風霜雪雨』中的雷雨將軍、現今的昀王殿下了。」說罷，後退一步盈盈行禮，柔柔道：「望昀王與將軍恕品玉不識之罪。」

蕭雪空依舊跪在地上，有些怔愣地看著君品玉。

「姑娘又何須如此令雪空難堪。」皇雨嘆一口氣，伸手扶起地上的蕭雪空，「雪空雖未向姑娘表明身分，可我素知他，無論何時何地，他的性情行事絕無改變，姑娘所知所識之人真真實實，又何須責怪。」

君品玉聞言，不禁有些訝異地看向這位昀王，想不到竟是如此敏悅，連她那一點點惱意也看出了。其實在雪空喚他「皇雨」時不就應有所覺嗎？畢竟「皇」可是當朝國姓，怪只怪自己素來對外界之事太過漠然了，才會一時想不起來。

「我隱瞞身分前來求醫自也有我的苦衷，姑娘是明白人，當知我皇兄的病情不僅關乎他個人的安危，也關乎天下的安定。」皇雨說道，這一刻那雍容威嚴之態又回到了他的身上，「還望姑娘體察寬恕。」

原來他那輕鬆的一面只對他親近的人。

君品玉微微垂首，依是平靜柔和地道：「請昀王放心，品玉自然會守口如瓶。」

皇雨靜看了君品玉一會兒，最後忍不住開口，「姑娘……我皇兄，真的沒有法子救治了嗎？」

君品玉抬頭，六雙眼眸緊盯於她，令她有些好笑又有些感懷。

不待她答話，皇雨又道：「而今天下太平，百姓生活安康，雖不能說全是皇兄一人的功勞，但他確是功不可沒，姑娘就算不為他，便為這天下蒼生出手如何？」

君品玉暗暗嘆息一聲，垂眸，不忍看那六雙失望的眼睛，「昀王，恕品玉無能。」

「姑娘……」蕭雪空急切上前，身旁的皇雨卻位住了他。

「雪人，你不要再說了。」皇雨閉眼，然後睜開，眸中已是一片冷靜沉著，「君姑娘肯聽皇兄病況，肯吐真言，我已十分感激。其實，當年無緣離去之前，曾交代我要讓皇兄『戒辛勞，否命不久長』，那時我就有警覺，只是皇兄那人你也知曉，他決定的事誰能勸阻，這些年來安定邊疆，操勞政事，早就耗盡了他的心血，那麼多御醫都診斷了，只是我不肯死心罷了，才來求君姑娘，而今……」

「主上他……」蕭雪空才開口忽一頓，想起他的主上現今已是皇帝陛下，想起昔日誓言，想起昔日的君臣相伴，金戈鐵馬，不禁一陣恍惚。

「我要回去了，你跟我一起嗎？」皇雨看著蕭雪空。

「我……」蕭雪空張口，腦中卻是一片空白，似無法面對皇雨那殷殷祈盼的眼神，稍稍轉頭，卻不期然碰上君品玉望來的目光，各自一怔，然後都不著痕跡地移開。

皇雨看在眼中卻也只是微微一笑，經過這些年的磨練，他早已不再是昔日的懵懂少年。

「康城城破後，你生死不明，我與九霜總不死心，皇兄登基後，我數次讓他下詔尋找，可他總說，你必性命無憂，青王決不會繼瀛洲後再取你的性命，而你若不願回去，他又豈能強求於你。」皇雨負手身後，自有一種皇家的雍容風範，「他說君臣一場，知你甚深，你未有負於他，他豈能負於你。是以，你若願回去，自是有許多的人開心，若不願回去，也絕無人苛責於你。」

蕭雪空抬眸看著皇雨，眸中猶疑又迷茫。

「雪人，你與我不同的，數載君臣你已盡情義。」皇雨淡然道，「而我，無論他聽不聽我的話，我總要擔他一份辛勞。」說罷忽又笑笑，俯近他耳旁，悄聲道，「雪人，你若是捨不得這位女神醫要留在這裡，那也是美事一樁，大喜之日千萬記得通知一聲，我便是偷溜也要前來觀禮的。」

一言說完，蕭雪空難得有些惱意地瞪他一眼，皇雨看著更是開懷，笑吟吟地轉頭看向君品玉，那雙淺金色的瞳眸霎時晶燦一片，光華流溢，令君品玉心頭一跳，緊接著頭皮一麻。

「君神醫，我最後有一事相詢。」

「昀王請說。」君品玉微微低頭。

「聞說昔日曾有一貴公子以情詩贈姑娘，以示愛慕之意，誰知姑娘……」皇雨話音微微一頓，目光很有些詭異。

君品玉此刻知道自己剛才為何會覺得頭皮一麻了。

投我以木瓜，報之以瓊琚。匪報也，永以爲好也。
投我以木桃，報之以瓊瑤。匪報也，永以爲好也。
投我以木李，報之以瓊玖。匪報也，永以爲好也。[1]

皇雨搖頭晃腦地吟著，「多美的詩啊，多深的情呀，偏偏姑娘卻道『既說要贈我桃李木瓜，何以未見？既說要報我以瓊琚瑤玖，何以未至？這桃李木瓜不但可食，還可入藥，正可治病，這瓊琚瑤玖則可當了買幾筐鮮梨，軒裡已無止咳的梨漿了。』哈哈哈哈……」他放聲大笑，「我就想知道，姑娘當日是不是真有此言？可憐那人一番心意。哈哈，姑娘自那以後便得了這『木觀音』的名號，人皆道姑娘雖有觀音之容，卻是不解風情的一尊榆木觀音，哈哈哈哈……」

皇雨笑得前俯後仰，引得蕭雪空瞪了一眼。

倒是君品玉依是容色未動，神態柔和靜慈，「品玉確有此言，只因在品玉眼中，那桃李木瓜比之情詩更有益處。」

「服了！」皇雨笑彎了腰，卻猶是抱拳作揖，甚是滑稽。

那四名隨從倒似見慣了主人的狂態，此時方得上前向蕭雪空行禮問好。

等到皇雨終於笑夠了，看著眼前神色如常的「木觀音」，心頭暗暗生奇。自見她起，她臉上那份柔和慈憫的神態便未動分毫，那柔潤如水的聲線也未有起伏，彷如是掛著一副面具一般。這「木觀音」啊，果是一尊木觀音！

「好了，問完了。天也不早了，我也該回去了。」皇雨移步，走至蕭雪空身前，抬手拍拍他的肩，「我這三日會在府衙，無論你是回去還是不回去，都歡迎前來一敘，畢竟你我兄弟一場，這些年總有些話要說吧。」

「我會去。」蕭雪空頷首。

皇雨向君品玉微一點頭，轉身離去，走幾步忽又回頭對蕭雪空道：「對了，忘了告訴你，皇兄已有一子，皇嫂現今又有了身孕，而我已與九霜成婚，你可不要太落後哦。」說罷，眨眨眼看看君品玉。

戌時已盡，品玉軒的書房裡卻依亮著燈火，柔和的燈下，青衣慈容的女子捧著一卷醫書，目光雖落在書上，但雙眸卻是定定不動，那一頁書半個時辰過去了，依未翻動。

院子裡的藤架下卻立著一道人影，仰首望著夜空中的一輪皓月。

今夜月色清寒，如霜般輕瀉了一天一地，屋宇樹木全染上一層淺淺的銀白，輕風拂過，樹影婆娑，配上藤下那如畫似雪的人物，這小院便如那廣寒桂宮。

書房的門輕輕開啟，走出黛眉輕籠的君品玉，看著院中佇立的人影也未有驚奇。

「還未睡。」她淡淡地開口。

院中的人並未答話，只回頭看一眼她，然後又將目光移向夜空。

兩人一時皆未言語，君品玉看著藤下靜立如雪峰的人，挺峭孤寒，從來如此，抬眸望向天幕上那輪冰月，倒更似那人的歸處，這小小的品玉軒又豈是他的久留之地。

「今夜這般好的月色，想是中秋之月也不過如此了吧。」恍然間卻聽到蕭雪空開口。

她轉頭望去，只見他冰雪般的容顏上浮起思慕之色。

「我曾經仰慕過一個人，就如仰慕這輪皓月一般，便是隔著這遙遙九重天也無法不為她的絕世風華所吸引，只是……」蕭雪空聲音微微一頓，然後才幽幽嘆道，「只是那樣的人，便也如這輪皓月，無論我如何引頸渴望，如何努力追攀，都永遠天遙地遠。」

君品玉聞言，不禁心中一動，憶起昔日自己那唯一一次動情，那時不也是為那人的絕世風采所傾嗎？只因那樣的人物此生僅見，那一刻的心動不由自己。情生時，又豈是自己所能控制的。

「那次的傷便給了我一次機會，就當掃雪將軍歿於康城，而重生的只是一介平民雪空。我想知道能育出那人恣意風華的江湖是什麼樣的，我想嘗試一下那樣的生活，我想離那人近一些，所以我沒有回去，而是留下。現今三年的時光過去了，我卻並未體會到什麼，而那快意恩仇的江湖、柴米油鹽的民間也並未令我生出依戀，倒讓我迷茫而不知前途。」

蕭雪空手一抬，寒光劃過，掃雪劍出鞘，於月夜中泛著泠泠冷華。

「今日皇雨的到來卻讓我清醒了，我根本融不入江湖，我根本無法庸碌一生，我根本無法忘記昔日的誓言，我根本放不下我的主上。」

輕輕彈指，劍作龍吟，冰眸微張，霎時銳氣畢現，人劍如一，青鋒傲骨。

「無論生死，蕭雪空永遠是冀王，不，是皇帝陛下的掃雪將軍。」

聲音雖輕，意志卻堅；瞳眸雖冰，眼神卻利；人雖冷淡，卻有熱血丹心。

「將軍終於下定決心了嗎？」君品玉輕輕移步走至院中。

「治國比建國更難，雪空雖拙，也要為主上盡一份心力！」蕭雪空還劍入鞘。

「那麼品玉要恭喜將軍了。」君品玉淡淡一笑。

蕭雪空看著她，片刻後移首夜空，「這樣的月，人人都會心生喜愛對吧？」

「嗯？」君品玉一時未能明瞭他的意思。

蕭雪空的目光從天幕皓月移至君品玉的雙眸，一瞬也不瞬地看著，「今夜妳我為這月色所傾倒，可明日絢麗的朝陽升起之時，我們也會為那浩瀚無垠的光華所折服。人一生會有很多令其心動傾慕的，但並不是全部都能擁有，很多都只能遙遙觀望，又有很多只是擦肩而過，還有一些是在我們還未明瞭之時便錯過了，所以我們能抓在手中的，其實很少。」

「啊？」這一下，君品玉可是訝然瞪目了。想不到這個冰雪般冷徹的人今夜竟肯說這麼多話，還是說著意義這般深刻的話。

蕭雪空見她似乎沒有聽明白，不禁又道：「我是說……我和妳……那個……白風黑息……他們……喜歡……那個……我們……」

舌頭似打了結般，一句話怎麼也無法連貫完整。

「將軍是要說……」君品玉隱隱地似有些明白，隱隱地有些期待，一顆心怦怦直跳。

「我是說我們……我們有我們的緣，他們……他們是……」蕭雪空很想俐落地將話說完、說明白，奈何口舌不聽指揮，手中的掃雪劍都快給他捏出汗來，最後他似放棄了一般止了聲。

君品玉呆呆看著他，似不能明白，又似在等待。

這一刻，院中靜謐卻不寒冷，彼此相對，那不能言說的，卻透過雙眸傳達。

「姑娘……願不願意和我去帝都？」蕭雪空再開口，已不再口結，冰眸中浮現柔光，「品玉軒在帝都也可以開的，有姑娘在的地方便是品玉軒。」一言道完，那張雪似的臉上竟罕見的浮現淡淡暈紅，在這月夜中分外分明。

君品玉只覺得心劇烈的一跳，張口欲言卻發現無法出聲。

蕭雪空卻不待她答話，又急急地加一句：「姑娘考慮一下，嗯，認真地考慮一下。」話音一落，人已躍起，眨眼便不見影兒，竟施展輕功逃遁了。

院中只留君品玉，以及那清晰入耳的心跳聲。

「剛才……算是求親嗎？」

良久後才聽到她呢喃輕語，然後臉一熱，不禁抬手捣臉，卻捣不住唇邊綻出的那一絲微甜的淺笑。

「該死的雪人，你竟讓我空等三天！」

一大早，品玉軒便迎來了一位客人，這客人來了後也不要人通傳便直奔後院，看到院中的人便大聲叫嚷。

蕭雪空淡淡瞟一眼怒火沖天的人，冷冷地吐出一字：「忙。」

「忙？」皇雨瞪大眼睛，手指著他的鼻子，義憤填胸，「虧我們數載情誼，你竟撥一個時辰來看我一下都不肯？我……我要和你割袍斷交！」

「別擋路，我要整理行李。」蕭雪空對於他的怒氣與指控充耳未聞，手一伸，將他推置一旁，自顧而去。

「你……」皇雨氣得渾身發抖，「竟嫌我擋路？什麼狗屁行李這般重要，竟連我……嗯？等等，你整理行李？整理行李幹嘛？難道是……」他趕忙跟上前去，抓著蕭雪空的手臂待要問個清楚，卻被他甩開了手。

「有空囉唆不如幫忙，品玉軒的東西很多，光是醫書便已裝了三車。」

「啊？」皇雨當場石化，待醒悟過來，竟似個孩子一般跳起，「你是說……你是說君姑娘也去？你和我……你和她都跟我一起回帝都去？」

根本無須蕭雪空的答話，皇雨此時已是眉開眼笑，嘴角都快咧到耳根去。

太好了、太好了，此行真是大有收穫啊！不但找著了雪人，還將這天下第一神醫也帶回去了，那樣的話……皇兄……皇兄一定不會……一定可以過明年夏天的！

「將這搬到後巷的馬車去。」

皇雨還傻樂在院中時，冷不防一團黑影凌空飛來，即要擊中額頭時他總算回神，慌忙後躍三尺，掌一圈，化去勁道，再兩手一抱，便將東西穩穩抱在懷裡，一看，是一個三尺見方的黑木箱子。

「死雪人！你想謀害我嗎？要知道我現在可是昀王，你竟敢以下犯上？等回到帝都，看我不削你一層皮！」

「說來也是，昀王身分尊貴，雪空怎可讓昀王動手，這箱中都是品玉醫人的用具，還是讓品玉自己搬吧。」

皇雨正想趁此一扭地位，偏生橫裡走出君品玉，輕言一語便令他趕忙低頭。若惹惱了這神醫，她不肯去帝都了，那皇兄的病……

當下他笑如朝陽，語如春風，和和氣氣，溫溫暖暖灑了一院：「不不不，我正空閒呢，非常樂意，非常樂意！」說罷，抱起木箱一步三跳地便往後巷走去。

想他雖貴為親王，但當年「風霜雪雨」四將排名中他居於最末，令他一直耿耿於懷，而今他可是堂堂昀王了，理所當然便應該居於首位，只是……一個成了老婆大人，而這剩下的一個，很顯然也不把他這昀王放在眼裡，身邊還站著一個掐住他命脈的神醫，看來他這輩子是別想來個「雨雪霜」了。

「昀王真是個有意思的人。」君品玉看著皇雨離去的背影笑道，回眸看著蕭雪空，「有這樣的弟弟，不知皇帝陛下會是怎樣一個人？」

蕭雪空冰眸中湧現起一絲崇仰，「陛下……便是陛下。」

「哦？」君品玉看著蕭雪空雪一樣的長髮，恍然間想起另一個人。那人黑衣黑眸黑髮，完全是另一番品貌，那樣俊雅絕倫的風采此生未見，以後當然也不會再有那樣的人。若無遺憾便是假話，但眼前這人，自己此刻歡喜著，此刻為這人背井離鄉也是心甘情願，這便已足夠了，人生短短數十載而已，能遇著這人已是幸事。

「人生百態，情有萬種。」蕭雪空看著君品玉惘然的神色，有了然，有同感，有欣慰，「妳和我是芸芸眾生之一，妳我也是獨一無二，能相遇相伴，便要珍惜。」

「有理。」君品玉淺笑頷首。

走了近一個月，到帝都時已是年尾，天氣日漸寒冷，這一日竟下起了雪，鵝毛般的雪紛紛揚揚從天而降，為大地鋪上一層厚厚的雪毯。

一行人在雪裡行進，馬蹄車輪在雪地裡壓出深深的痕跡。

「雪人，你說這雪是不是為你下的？」騎在馬上的皇雨仰頭看著上空綿綿不絕的雪絮，「因為知道你回來了，所以下雪歡迎你這雪將軍。」

蕭雪空聞言目光一閃，不禁便想起當年康城城破之時。

那一天也下著雪，只是並不大，一早開門便見著靜立樹梢的人影，茫茫細雪中，那人似真似幻。那時，她也曾如此說：「雪空……今天的雪是為你下的嗎？」

神思恍惚間，皇雨猶在一旁嘮叨著，可耳中卻已聽不到了，只有那風呼劍嘯之聲，一縷清歌蕩開風雪，和著劍氣緩緩唱來，盤繞於蒼茫天地，久久不絕……

「雪人、雪人！你聽到沒？」皇雨猛然一拍蕭雪空，看他那樣，似是要神魂出竅般。

蕭雪空猛一回神，然後略皺眉頭看著皇雨，「說什麼？」

皇雨瞪他，不過還是再次道：「你回來的消息，我已派人先一步告知皇兄了。我怕你猛然出現在他面前讓他太過激動，畢竟他現在身體……帝都馬上就到了，你們先住到我府裡，等你府裡收拾好了再搬過去，我等下先進宮去，明天你再隨我進宮見皇兄。」

「嗯？」蕭雪空疑惑地看著他。

皇雨與他多年相處，當知他疑惑什麼，道：「皇兄當年賜我府第時便也留了座宅子給你，他說若你哪一天回來，不能讓你連家也沒有。你我的宅子連在一處，後園只有一牆之隔，這些年我雖有派人打掃，但現在要住人，總還要再收拾一番才行。」說罷一頓，微有些黯然，「瀛洲的墓地便在你我府第的旁邊，皇兄說，我們『風霜雪雨』總要在一起的。」

「哦。」蕭雪空垂首，看不清神色。

但皇雨也並不想探究，遙指前方，「帝都到了。」

「嗯。」蕭雪空抬首，前方巍峨的帝都已可望見。

「走吧。」皇雨一揚鞭，馬兒張開四蹄，往城門前奔去，瓊雪飛濺。

蕭雪空同樣揚鞭縱馬，跟隨其後，那七輛馬車及隨從當下也快馬加鞭，緊跟而來。

入城後，因為下著雪，街上的人極少，一行暢通無阻在帝都城內七拐八彎的，終於停於一處氣派恢弘的府第前。門前兩隻大石獅子上落了厚厚的積雪，倒似那天宮降下的玉雪獅子，淡去了威嚴猛態，倒是剔透可愛多了。

「就這兒啦。」皇雨下馬，只是近到家門前他倒有些情怯了。此次出門兩月未歸，離去前只是留書就走，只怕等下那女人會要找他算帳，而且門前的侍衛怎麼忽然多了起來，偏看著卻是眼熟，難道是那女人想在這家門前便算帳，所以特令這些人候著他？

「殿下回來了！」門前侍衛迎上來行禮。

「起來吧。」皇雨揮揮手，「快去通知林總管，來了貴客，讓他準備客房以及酒菜，再著人來搬行李。」

「是。」當下一人領令而去。

「殿下，陛下在府中。」侍衛頭領稟報道。

「啊？」皇雨一呆，「你說皇兄在這裡？他什麼時候來的？這麼大的雪為什麼出宮？」

「陛下未時便到了。」侍衛頭領恭敬地答道。

「雪人，」皇雨回頭笑了，「看來皇兄是在等你呢，快進去吧。」說著即移步走至第一輛馬車前，敲敲車壁，「君姑娘，到家了。」

車門吱呀打開，走出狐裘雪帽的君品玉。

皇雨伸手扶她下車，然後一拖還癡立門口的蕭雪空往府裡走去，「雪人，我們進去啦，這些東西交給他們吧。放心，不會碰壞的。」

三人繞過前院，穿過長廊，前方大殿已赫然在目。

「這些人就不知道將門關上麼，這麼大的風雪，皇兄若受了寒怎麼辦？」皇雨一看那大開的殿門，不禁念道，他卻不想想客從遠方來卻閉著門又作何道理。

「你總算知道要回來了呀，這兩月在外面可快活吧？」

三人才一跨入殿中，便聽到一道清朗的女音，一個英姿爽朗女子立在殿前的屏風前，似笑非笑地看著皇雨。

「先迎貴客。」皇雨趕忙將蕭雪空、君品玉往前一推。

昔日的霜羽將軍、今日的昀王妃秋九霜目光在觸及蕭雪空之時，那明亮的大眼中霎時水光隱現，唇畔不住顫動，卻無法言語，臉上極力想笑，卻又笑不出來，只是扯開一抹似悲似喜的啼笑。

「你這雪人，這麼多年都不給我們一點兒消息，害我以為你真的化成了灰，只好嫁給這個自大皮厚的人了！」秋九霜平息激動的情緒，上前抓一把雪髮，將蕭雪空的臉扯近了，抬手便拍在那張臉上，「幸好雪人的臉還是這麼漂亮。」

蕭雪空冰眸中溫芒一閃，然後伸手將頭髮搶回，拍了拍秋九霜肩膀：「脾性像男人，嘴巴像女人，沒變。」言簡意賅。

「死雪人，我可是弱女子，你就不會下手輕點！」秋九霜撫著吃痛的肩膀怒瞪他一眼，然後移目看向君品玉，臉上已是堆滿親切的笑容，「君姑娘一路勞累了，快快進來。」

「品玉見過王妃。」君品玉躬身行禮。

「喲，妳可不必這樣多禮。」秋九霜趕忙扶住她，「以後就是一家人了，用不著這些繁文縟節。」說罷，沖君品玉眨眨眼睛，「雪人這些年可多虧了妳，不過妳也有收穫不是麼。」

君品玉暗自一笑，心道，這昀王和王妃倒是絕配。

「都站在門口幹嘛，進去吧。」皇雨在後面推著蕭雪空。

「是呢，還有人等你們呢。」秋九霜牽起君品玉往裡走去。

幾人繞過玉石屏風，便見大殿正前方一張長榻上端坐著一人，手捧一杯熱茶，輕輕吹開茶葉，啜上一口。

在見到那人的剎那，蕭雪空腳步一頓，然後疾步上前，於那人身前三步處雙膝一屈，跪倒匍匐於地，啞聲道：「雪空拜見陛下！」

榻上的男子將茶杯輕輕擱在一旁，抬眸向他們望來，那一刻，君品玉只覺得全身一震，然後不由自主地隨著蕭雪空跪下。

平淡而威嚴的聲音在頭頂上響起：「朕的掃雪將軍終於回來了。」

蕭雪空雙肩一暖，不由自主被輕輕托起，抬頭，便見皇朝那雙金色的瞳仁正滿懷感慨欣喜地看著自己，那刻，蕭雪空只覺得眼眶酸澀，抬手緊緊按住肩膀上君王的手，「陛下，雪空……雪空有負陛下！」

皇朝看著眼前的愛將，展顏笑道：「說什麼傻話呢，朕的掃雪將軍清鋒傲骨，從來都不流淚的。」

「是，雪空失態了。」蕭雪空垂下頭。

「君姑娘請起。姑娘仁心仁術，實是天下百姓之福。」淡淡的一語自帶威儀，卻是肺腑真誠。

君品玉起身抬眸，看著眼前的皇帝。未有華服玉冠卻氣勢天成，尊貴凜然，令人只可仰視，這雪天裡本看不到太陽，可那金色的眸子卻明如朗日，輕輕掃來，光華燦灼。

這樣的人是病人嗎？

這是她親口斷定活不過明年夏天的重病之人嗎？

眼前之人，無論是容顏還是神色，皆看不出有絲毫病態，更遑論是昀王口中那病入膏肓，無藥可救？不，這人怎會是病人，定是昀王誤導。

「皇兄，這麼大冷天的，你幹嘛出宮來？若是受了寒、引發了病，可怎麼辦？」皇雨有些責難的念叨，一邊扯過兄長往長榻走去，拉過榻上的狐裘披在兄長的身上，「皇兄，不是臣弟說你，你今天便是不來看雪人，明日我也帶他入宮見你了，反正都幾年沒見了也不急在這一天，他又不會怪你不來看他。是吧，雪人？」

「嗯。」蕭雪空鄭重頷首，走至皇朝身邊打量著他的氣色，「陛下，您的身體……」

皇朝在榻上坐下，微揚首，道：「朕沒事。」揚首抬眸間，睥睨天下的傲然氣勢自然流露，金眸中銳氣如昔，「朕若死，也決不死於病榻。」

「呸！說什麼死呢！」皇雨勃然變色，只因他經歷過兄長病發時自己無能為力的恨痛，「我討厭聽到那個字！」

「是啊，陛下這樣的人不適合死於病榻。」

皇雨才一吼完，想不到又聽到一個「死」字，不禁瞪向君品玉。

君品玉卻不理會他，從容上前，毫無顧忌地伸手捉住當朝皇帝的手，纖指搭在腕上，頓時旁邊三人全都緊盯著她，心一下都懸在了嗓子眼。

指一搭上脈門，君品玉的心便一沉，移眸看去，卻是一張鎮定淡然的臉，金色的瞳眸一派從容地看著她，似看透了她的心緒，淺淺的一笑，似是安慰。

這樣的人怎能短命？不，決不可以的！

她君品玉素來盡人事、聽天命，可這一刻，她卻不肯了。便是與天抗爭她也要一搏，她要救眼前之人，非關他的身分，非關他繫天下蒼生，只是單純要將眼前這一輪皓日留於九空！

「姑娘眉眼間，倒似一位故人。」皇朝看著君品玉眉眼間那柔和慈憫的神態，有片刻間失神。

「陛下以後飲食起居請聽品玉的。」君品玉淡淡開口，目光柔靜堅定地看著皇朝，「還有，讓品玉隨時可出入皇宮。」

皇朝眉一揚，金眸中銳芒一閃而逝。

看著眼前神色不變的女神醫，不但是神態像，便是說話的語氣也有些像了。這世間從來只有無緣才會直言要求他聽他的，而他便是貴為天下至尊，也從不駁他一言。

「陛下，」蕭雪空單膝跪地，「雪空此生唯陛下是主，請陛下准許雪空追隨陛下一生！所以請陛下要活得長長久久。」

「皇兄！」皇雨、秋九霜一齊跪下。

皇朝看一眼跪著的兄弟臣子，金眸移向前方的玉石屏風，看著屏風上雕刻的高山碧湖，片刻後輕輕開口道：「你們都起來吧。」

那算是答應了。可那刻，一旁的君品玉卻從那雙金眸中窺得一絲極淡的寂寥。

昔澤三年冬，帝都喜事不斷。

先是皇后娘娘又懷有身孕，喜訊傳出時，整個皇朝無論朝堂還是民間都為之高興，畢竟皇帝陛下目前僅有太子一子，皇嗣單薄。

然後是一直在鄉下養傷的掃雪將軍蕭雪空終於回朝，皇帝陛下龍心大悅，封其為「靖安侯」。

最後則是皇帝陛下為蕭將軍與女神醫君品玉賜婚，並親自為其主持婚禮。

昔澤四年，元月五日。

年前下的一場大雪，雖未化完，但街道上的積雪早已清掃乾淨。

今天是蕭將軍與女神醫的大喜之日，是皇帝陛下選定的吉日，天公甚是作美，朗日一早即高高升起，暖暖的輕輝灑下，映著屋頂樹梢的殘雪，雲光雪照，天地一派明朗瑰麗。

將軍府前披綢掛彩，門前更是車馬不斷，客似雲來。

蕭將軍戰功彪炳，更深得皇帝信任，是以朝中官員無論大小皆前去恭賀，便是昔日為敵、今日同殿為臣的齊恕、徐淵、程知也來了。

「吉時已至，新人拜堂！」主持婚禮的太音大人揚聲道。

新郎、新娘皆是父母雙亡，但大堂上方端坐的是當朝皇帝，儐相是堂堂親王昀王，兩旁含笑觀禮祝福的是暉王、昕王及號為皇朝六星的喬謹、齊恕、賀棄殊、徐淵、程知、端木文聲六位將軍，堂下文武百官圍著，這樣的婚禮還能有何遺憾，便是當年昀王的婚禮也不若此刻風光。

新郎雪似的容顏在喜服華冠的襯映之下更顯傲世清華，平日冷峭的眉眼今日也平添喜氣柔光。鳳冠流蘇下，新娘面貌雖看不清，但窈窕的身段，亭亭而立的風姿，令人不難想像其妍美之態。

一個是當朝大將軍，一個是當世女神醫，如此身分，如此容態，如此婚禮，豈能說不完美？世人誰能不羨？

一拜天地，謝天地降下這一份姻緣。

二拜天子，謝陛下賜下這一份祝福。

三拜夫妻，謝彼此給予這一份未來。

從今以後，夫妻一體，榮辱與共，禍福共用，病痛同擔。

「掬泉奉我主之命，特來恭賀！」

正當所有人都滿懷欣喜羨慕地看著新人完禮之時，一道略有些低沉的聲音遠遠傳來，滿堂賓客皆清晰入耳。

那些官員們還未覺得如何，但在堂的諸位大將及堂外守衛的那些侍衛已瞬間變色。來人當是內力深厚的高手。

堂外的侍衛齊齊戒備，堂中諸人則望向皇帝。

皇朝神色未動，只是看著皇雨淡淡頷首。

皇雨會意，「迎客！」

「多謝！」

那低沉的聲音再次傳來，過了片刻，眾人便見堂前遠遠走來一名葛衣男子，身形瀟逸，步態從容，瞬息便到了堂上。

眾人此刻方才看清，那男子頗是年輕，約二十五、六歲，雙手捧一尺見方的鏤花木盒，長身玉立，眉清目朗，雖比不上新郎那般絕世容華，但自有一種風流清爽，鎮靜地立於這高官顯貴環繞的大堂卻未有絲毫窘迫。

有人暗暗生奇，僕人已是如此出色，真不知那主人又該是何等風範。

葛衣男子到了堂上也不自行介紹，無視堂中高官貴客，目光直接望向主位上端坐的皇帝，然後微微躬身，算是行禮。

皇帝未有任何不悅之態，堂中的官員們卻有些薄怒，而其餘諸王、諸將卻只是靜靜看著，倒是喬謹、端木文聲、賀棄殊三人神色有異，目光炯炯注視著葛衣男子，但無怒色，反隱透著激動欣喜。

「掬泉此行代表我主，贈美酒一杯，祝願新人白頭偕老，和美一生。」

葛衣男子——掬泉將手中木盒置於近旁的桌上，打開木盒，從中取出高約三寸的一個翡翠玉瓶，再取出兩個翡翠玉杯，然後輕輕拔啟玉瓶瓶塞，頓時一股酒香溢出，芬芳清冽，霎時便溢滿整個大堂，堂中眾人無不為這酒香所吸，皆注目於玉瓶，不知是什麼樣的仙釀，竟如此香醇。

掬泉手輕輕一斜，玉瓶中便傾出流丹似的美酒，盈盈注於玉杯中，碧杯彤霞，煞是好看。那酒倒完，不多不少，竟正好兩杯，令那些為酒香所醉的人不禁有些惋惜，自己竟無此口福。

「此酒名曰『彤雲』，乃三年前掬泉為我主大喜所釀，僅留此瓶，我主說贈予故人。」掬泉將玉杯遞與新郎。

蕭雪空目光定定地看著掬泉，正確來說是盯著他的衣裳，那洗得有些發白的葛衣衣襟上繡有一縷白雲，腰間纏繞的腰帶上繡有一朵淺淡的蘭花，這平常的修飾卻令蕭雪空一震，剎那間心神搖動，幾不能自持。

過了片刻，他躬身行禮，再恭敬地接過玉杯：「雪空多謝尊主賜酒。」轉身遞一杯給身畔的新娘，兩人一飲而盡。

掬泉將翡翠玉瓶、玉杯收起，又從木盒中取出一個高約兩寸的白玉瓶及一個白玉杯，拔啟瓶塞，香溢滿堂。眾人一聞，覺得彷彿有百花幽香，再聞卻有藥草清香，一時只覺心暢神怡，通體舒泰。

掬泉將酒小心翼翼地倒入白玉杯中，那模樣倒似瓶中之酒無比甘貴，不可浪費一滴一毫，只是此酒卻不比先前那般色豔如霞，反是無色清液一杯。

「此酒名曰『碧漢』，當世僅此一杯，我主令掬泉奉與皇帝陛下。」掬泉捧杯於手，微微躬身。

主座上的皇朝起身，走至掬泉身前，親手接過酒杯，這一下滿堂皆驚。

「蒼涯鳳衣！」

大堂中驀地響起新娘子的驚呼，然後便見新娘子抬手拂開鳳冠前遮顏的珍珠流蘇，露出一張如觀音般端美慈柔的面容。新娘子疾步走至皇帝身前，伸手從他手中取過玉杯，置於鼻下細聞，片刻後驚喜地看著皇帝，「陛下，真的是蒼涯鳳衣！」

堂中除掬泉依舊神色淡然外，堂中眾人皆是疑惑不已，不知這「蒼涯鳳衣」到底為何物，竟能讓新娘子如此失態，不過新郎與諸王、諸將卻全都有些為新娘子欣喜的神色所感，隱約間有些明瞭，一個個也面露喜色。

君品玉回身看著掬泉，然後躬身一禮道：「品玉代……代天下百姓謝過尊主贈酒！」

掬泉微微側身，道：「夫人不必多禮。我主曾說此酒必不會浪費，看來不假。」

君品玉轉身，也不理會堂中那些驚異的賓客，目光看向蕭雪空、皇雨、秋九霜三人，那眸中的欣喜與急切頓時令他們驚醒。

皇雨對一旁的太音大人使個眼色，太音大人馬上會意，揚聲道：「禮成，新人向陛下敬酒！」

蕭雪空與君品玉一左一右扶著皇朝回座，馬上便有侍者搬來屏風置於座前，擋住了眾人視線。

「陛下，請盡飲此杯，然後運氣靜坐。」

君品玉將玉杯遞與皇朝，接著拔下髮上一枚玉釵，將釵頭輕輕一轉拔下來，釵身中空，裝著細細銀針數十枚。

「蒼涯鳳衣為百世難得一遇的靈藥，莫怪乎說當世僅此一杯，想不到他們竟將這靈藥贈予陛下，實陛下之福，兩年之內陛下的病無礙。」君品玉輕聲說道。

皇朝金眸中光芒一閃，似感動，似悵然，欲語又止，最後只是輕閉金眸，靜心運氣。

屏風外的眾人正驚詫著，卻見昀王皇雨笑吟吟地走向掬泉，微微拱手道：「掬泉公子，你代主人來贈美酒，新郎、新娘再加皇兄他們都已喝過，卻不知皇雨是否有福，也能討得一杯呢？」

「九霜雖為女子，卻也極愛美酒，不知擲泉公子能否也賞我一杯呢？」秋九霜也笑咪咪地問道。

當下眾人注意力便全被昀王及王妃吸引過去了，目光皆注於擲泉及那鏤花木盒，不知那盒中還有何等仙釀，又有誰能有此口福。

擲泉也不答話，只是微微一笑，然後再開盒門，取出一個高約六寸的水晶瓶，瓶身通透，眾人皆可看見瓶中碧色的美酒，瑩潤如水浸碧玉，煞是美觀。又見他再從盒中取出六個透明的水晶杯，拔啟瓶塞，將碧色美酒均勻倒入六個杯中，清洌甘醇的酒香陣陣流溢，堂中眾人無不酒蟲湧動。

眾人正豔羨時，擲泉卻取了原先置於桌上的白玉託盤，將酒杯一一置於其中，然後移步走至喬謹、齊恕、徐淵、賀棄殊、程知、端木文聲六人面前。

「此酒名曰『丹魄』，乃我主賜予六位將軍。我主曾言，六位將軍忠肝義膽，仰可對天地，俯無愧於君王百姓，足可謂『丹魄』。」

眾人正有些失望之時，卻見六位將軍齊齊屈膝，叩首於地：「臣拜謝！」

「六位將軍請接酒。」擲泉將玉盤捧至六人面前。

六人起身，恭敬地接過酒杯，高舉於頂，然後才仰首飲盡。

堂中眾人愣愣看著六將，他們六人竟以如此大禮接酒，便是皇帝陛下的恩賜也不過如此，這掬泉的主人到底是什麼人？此時已有人恨不能出聲相問了，轉頭再看向昀王，卻發現他沒有絲毫不悅，而有一些人看著六將的恭敬神態，再細思六將來歷，隱約有些明白了。

「主上……可好？」六將飲完酒後，團團圍住掬泉。

「主上……現在何處？」性急的程知更是緊問一句。

「幾位將軍放心，兩位主上一切安好，自在逍遙，十分快活。」掬泉微笑道。

六人還有許許多多的要說要問，屏風後卻轉出皇朝。

「替朕傳話，朕藏有一罈百年佳釀，想與你家兩位主人一起品嘗。」

「掬泉定將話帶到，只是兩位主人居無定所，行蹤縹緲，若不得召喚，便是掬泉也難見其面，最近聽聞夫人要去碧涯海擒龍，想來難有空來帝都。」掬泉垂首道。

『好大的架子，皇帝陛下的邀請，不感恩戴德竟還說沒有空！』堂中有人暗暗罵道。

「莫非你家主人怕喝酒喝不過朕？」皇朝輕輕一言威嚴盡顯，偏那金眸中卻是淡淡笑意，還藏著一絲極淺的期望。

去碧涯海擒龍？也只有那人才會有這等奇思異想！

「這一點恕掬泉難答。」掬泉微微一笑，然後躬身，「禮已送到，掬泉要回去覆命，就此拜別。」說罷即轉身離去。

「他們都有酒，就沒有我的嗎？好偏心啊。」一邊卻聽到皇雨喃喃念道，目光隱有些幽怨地盯著掬泉。

掬泉足下一頓，回身看著眼前這一人之下、萬萬人之上的親王，那一臉似孩子吃不到糖的怨氣，當下笑笑，從袖中取出一個青花瓷瓶，手一拋，「這是掬泉路上解渴的，昀王和王妃若是不嫌棄，便拿去吧。」

皇雨手一伸，接住，拔開瓶塞，酒香撲鼻，熏熏欲醉，比之宮中那些佳釀不知勝過幾多，當下連連讚道：「好酒、好酒，謝啦！」

掬泉淡笑擺手，飄身而去。

「賓客入席！」

太音大人嘹亮的嗓音遠遠傳開，將軍府中頓時人影匆匆，賓客按位就座，僕人侍女穿梭如花，大堂庭園，百席齊開。

清明時節雨紛紛，路上行人欲斷魂。

今年的清明卻無雨，天氣反是晴朗一片，只是行人斷魂倒是事實，大街小巷、阡陌小道上提著香燭祭品的，無論男女老少皆面有黯色。

帝都昀王府百米外便是一片竹林，這竹林份屬昀王府，外人絕少來此。林中有竹屋一幢，於這鳳尾森森間倍感雅致，平日裡只有昀王及王妃會來此待上一日。

繞過竹屋，其後便是一座墳墓，漢白玉的墓碑，簡樸大氣。

此時墓前立著四道人影，正是昀王、昀王妃、蕭雪及君品玉。

「瀛洲，又是一年了，不知你在那邊是何景況？」秋九霜斟滿酒杯。

「唉，他先去了這麼多年，等我們去時他已不知立了多少功勳，到時排起名來，他定又是首位。」皇雨喃喃嘆道，將手中之酒盡傾於地。

蕭雪空、君品玉也同樣敬酒一杯。

「不知他在那邊有沒有娶老婆，只是以他那木訥內向的性子，怕是很難娶到呢。」秋九霜忽又道。

「說的也是，我們『雨雪霜』三人都成婚了，只餘他一個孤家寡人實是說不過去，要不下次我們給他送個美人去？」皇雨接口道。

蕭雪空冰眸冷冷一瞥皇雨，便不再理他。

君品玉倒是柔柔一笑：「烈風將軍生為豪傑，死亦鬼雄，倒真該配紅顏絕色。」

「『紅顏絕色』這詞卻辱了白風夕那樣的人。」秋九霜在一旁接口道，「瀛洲生前念念不忘的可是她。」說罷瞟一眼蕭雪空，隱有些笑謔。

蕭雪空對於她那一眼視而不見，只是抬首望向墓碑，碑上是皇帝的親筆——

烈風將軍燕瀛洲之墓。

「這話倒有理，『紅顏絕色』本是美人難得的讚詞，但於白風夕確是弱了些。」皇雨難得不反駁秋九霜的話。

「白風夕那樣的人世所無雙，又豈能是一語說得？」君品玉看看蕭雪空，眸中是淡淡的笑意。

蕭雪空看看她，輕輕頷首，冰眸中柔光一閃。

四人正說著，忽一縷清音傳來，縹緲似遙遙天際卻又清晰入耳，細細辨來，竟是一首詩：

浮雲終日行，遊子久不至。
三夜頻夢君，情親見君意。
告歸常侷促，苦道來不易。
江湖多風波，舟楫恐先墜。

片刻，朗朗清音便在竹林中，輕淡又隱帶愁鬱，四人一驚，舉目環視，竟不知人在何方，那聲音似從四面八方而來，便是皇雨、秋九霜、蕭雪空這等武功高強之人也辨不出其人立身之處。

出門搔白首，苦負平生志。
冠蓋滿京華，斯人獨憔悴。
孰云網恢恢？將老身反累。
千秋萬歲名，寂寞身後事。[2]

那吟哦之聲終於止了，林中霎時一片寂靜，四人默默對視一眼，彼此點頭。

「何人擅闖？」皇雨揚聲問道，淡淡威嚴隱納其中。

蕭雪空將君品玉拉近，手環住其腰，護在身旁。她已有身孕，當得小心。

君品玉抬眸看他，盈盈一笑。

「不過是小小竹林，本少爺若願意，便是皇宮帝府也照闖不誤，若是不願意，你請我我還不來呢。」那聲音淡淡道來，仿若鳴琴。

蒼翠竹影中忽有白雲輕悠飄來，眨眼之間，墓前便立著一個白衣少年，四人望去，皆暗暗讚嘆。

少年衣若潔雲，豐神如玉，不過十四、五歲的模樣，眉宇間卻是一派寫意無拘，神韻間說不盡的清靈俊秀，落落大方、閒閒灑灑地站在四人面前，倒似是站在自家的後花園面對著闖園的四名不速之客。

白衣少年目光依次掃過皇雨、秋九霜、君品玉，至蕭雪空時稍作停留，倒非為他的容色所懾，那模樣似是識得他，但也只是一頓，然後落向墓碑，移步上前，微微躬身，三揖方止。

「這位公子是瀛洲的舊識？」等那白衣少年禮畢，秋九霜率先發問。

白衣少年禮畢回身，淡然道：「我與他素不相識，不過我姐姐敬他為英雄，那我自也敬他三分。」

「令姐是？」皇雨接著問道，心裡卻是驚奇，不知那木頭人什麼時候竟有了位紅顏知己。

白衣少年看了一眼皇雨卻不答他的話，反而將目光移向一旁的蕭雪空，「我來此就是想問你呢，你知不知道我姐姐現在哪裡？」

聽了白衣少年這話，皇雨、秋九霜、君品玉皆看向蕭雪空。

蕭雪空一直凝眸看著白衣少年，只覺得似曾相識，卻憶不起何時見過，聽了這一言，猛然間醒起，脫口而道：「你是韓樸？」

白衣少年點頭，「我姐姐哪兒去了？」

蕭雪空此刻也是驚奇不已。眼前這白衣潔淨、容顏俊美、武藝高強的少年竟是當年那個髒兮兮地直叫著姐姐救命的小孩？

「問你呢，啞了嗎？」韓樸見蕭雪空只瞅著他卻不答話，沒好氣地說道。

「你這小子真沒禮貌。」一旁皇雨搖頭。這不知打哪兒冒出來的臭小子狂妄得很，自進林來正眼都沒瞧他們一下，問他話也不理，倒只管追著人家問姐姐哪兒去了。

「姐姐連酒都不肯請的人，有什麼了不得的。」韓樸卻出言相譏。

「噗哧。」秋九霜聞言笑了，也不顧被譏之人是她丈夫，含笑瞅著這少年，這一刻她倒是知道他要找的人是誰了。

「這臭小子！」皇雨口裡惡狠狠的，眼中卻有了笑意。

「我並不知道你姐姐在哪。」蕭雪空答道。

「齊恕他們六個也不知，想不到你也不知道啊。」韓樸失望了，「我以為她肯贈你酒，定視你不同呢。」

「韓公子找風姑娘有何事？若是有事需幫忙，我們也可略盡綿薄之力。」君品玉插口道。這少年眸中隱有抑鬱，若久結於心，必傷心傷神，她看他與白風夕頗有淵源，不忍不助。

「木觀音真有觀音的慈悲心腸。」韓樸看著君品玉點點頭，「只是你們都不知道她在哪兒，又如何幫我呢。」

「公子只是想找到風姑娘？」君品玉微微訝異。

「姐姐說過五年後即可相見，可是五年都過去了，她卻還沒來見我。」

白衣飄展，眨眼便已不見人影，空餘那幽幽長嘆。

「這臭小子心裡難道就只他姐姐？」皇雨看著韓樸消逝的地方嚷道。

蕭雪空看著韓樸消逝的方向微微嘆息，扶著君品玉，「我們回去吧。」

「走吧。」秋九霜最後回首看一眼墓碑，然後拉過皇雨，出林而去。

竹林中霎時寂靜如亙，只餘嫋嫋酒香飄蕩，陽光透過竹葉在地上落下碎碎的影，風拂過，簌簌作響。

流年易過，抬首間，已又是一年春逝夏來。

---

1 引自〈詩經．衛風．木瓜〉。

2 引自杜甫〈夢李白二首〉。

第四章　琅華原是瑤臺品——琅華篇

昔澤五年八月末，華州曲城。

雖已是秋日，但地處南方的曲城氣溫依舊很高，正午的日頭毒得很，明晃晃地刺目，只是再如何毒辣的日頭也不能阻這曲城的熱鬧與繁華。

自天下一統以來，昔日幽州便分為華州、純州、然州，州之下又各設六府。這三州之名合起來便是當今皇后閨名，皇帝陛下以其名命名其故鄉，足見夫妻情深，很是讓曾經的幽州，現今的華州、純州、然州的百姓們歡喜。

作為曾經幽州最富的曲城，如今已劃入華州，憑著曲城人特有的精明能幹，再加上代代累積的財富資本，今日的曲城或不敢稱皇朝最富，但其繁華程度比之昔日卻是有過之而無不及，是聲名遠揚的貿易商城。熙熙攘攘的街道市集，形形色色的商人旅客，琳琅滿目的珍奇貨物，不絕於耳的吆喝叫賣……如此在他城難得一見的熱鬧景象，在曲城卻是最為平常。

午時，一名年約三旬左右，著褐色布衣，貌似普通旅人的男子從東門進了這富饒的曲城。他不緊不慢地走著，走在這繁華的大街上，看看兩旁店鋪和小攤上或珍貴、或稀奇、或精緻的貨物，看看那街上滿臉朝氣，來往不絕的人群，眼中略有些困惑，但那些迷茫無損於他的儀態。

方臉濃眉，深目高鼻，組成一張端正英挺、極富男兒陽剛之氣的面容，身形高大，雙目明亮，雖是一身平民衣著，可看著這人卻覺得應是那戎裝駿馬、領軍千萬的大將，朗朗正正的英姿令街上的那些個婦人側目不已。

褐衣男子在曲城轉悠了個半天，至薄暮時分，差不多將整個街市都看了個遍，那街上的人便也漸是稀少，陸陸續續地都歸家去了。他轉了半天也有些餓了，打算尋個店填填肚子，左望右瞅的，終於在約莫二十步前的方向尋著了一間看起來適於普通百姓的平常飯館，當下移步前去。

哐啷啷！

那男子才走得幾步，忽從右面急速飛出一堆東西，稀拉拉地落了一地，正擋在他的腳前，令他踏出的腳步頓住。

那落了一地的，不是什麼腌臢物，全是珍珠寶石、翡翠瑪瑙，落在地上，夕陽一照，光華燦耀，惑得人移不開眼。

男子看著地上那些珠寶半晌，心頭微微嘆息，然後才移開眼，轉首向右，想看看到底是什麼人竟棄珍寶如糞土，只這一眼，卻震得心魂一跳。

那是如火般燦燒的石榴花吧?西天的晚霞也不及它一半的明麗,雍容的牡丹也不及它一半的豔媚,恣意地怒放著,恣意地妖嬈著,恣意地將萬般濃豔風情展現著,迷花人眼,惑魅人魂。

「看什麼看,沒看過女人!」

那清脆卻又潑辣的聲音將他驚醒,反射性地低首垂眸,目光落在腳下的珠寶上。

「看什麼看,眼皮子別這麼淺!」

那潑辣的聲音再次響起,並帶著一種明刺刺的嘲弄與輕蔑。

男子再次轉頭看回去,右街邊敞開的半扇門前斜倚著一名女子,火紅羅裙,半散的烏髮,金釵橫簪,雪肌花容,高高地揚著下巴,斜睥著眼底萬物。

滿身的滄桑風情,卻是一種公主般的高傲無塵。

那些都似曾相識。

男子想著,是視若無睹地轉身離去,還是……

還不待他想清,一個含著萬分心痛的聲音便響起:「離姑娘,妳不高興也犯不著拿這些東西出氣啊,要知道這每一件都是價值連城啊!妳不喜歡也犯不著扔掉啊,要知道這每一件都是我精心挑選的啊!離姑娘……」

「你有完沒完!」女子潑辣地叫道,柳眉一豎,「姑奶奶我今天就是看這些東西不順眼，怎麼著？這些個腌臢貨姑奶奶我就是喜歡扔，你又怎麼著？」一手叉腰，一手指著眼前人的鼻樑，「姑奶奶今天看著你就是生厭，你識相的便給我滾得遠遠的！否則姑奶奶待會兒扔的就是你！」

那是個錦衣華服的中年男子，一臉富態，本是養尊處優讓人侍候慣的，聞言眉一跳已生怒意，可一看女子，卻又忍下了，和聲細語道：「妳今天不舒服便算了，明天我再來看妳。」說罷又是留戀地看了女子一眼才是轉身離去，看也不看地上那些珠寶，倒是身後的僕人一一將之撿起。

女子眼角帶譏地看著，然後冷冷一笑便轉身回屋，隱約聽到裡頭傳來的三兩輕語。

「我的兒呀，妳就不怕得罪了龐爺？再說妳生氣也犯不著扔那些寶貝呀！我的兒，那得值多少錢，何苦全扔了呢？」

「媽媽妳急什麼，明兒個他還不捧著更多、更貴重的來。」

「哎喲，我的兒，妳倒是想得明白。」

男子聽著這些話不禁有些好笑，又有些好氣。這天底下就是有這些個男人視家中賢妻如糟糠，拚著那舉案齊眉的不要，巴巴地奉上所有去討那勾欄裡姐兒的歡心，可人家全不當回事不說，心底裡還不知道怎麼蔑視侮罵。

想著便要離去，可不知怎的，又忍不住轉頭看一眼門內，那火紅的榴花早沒了影兒，倒是一眼看到了正對門口的一幅畫，光線不大亮，只模糊的覺著畫的是一個舞著槍的小將，旁邊還提著幾個字，看不大清。

男子眉頭一動，再抬頭看看這臨街的樓房，樓頂的牌匾上三個金粉大字「離芳閣」，略一沉吟，轉身離去。

白日的曲城是繁華熱鬧的，夜晚的曲城卻是別有風味的。

當夜幕遮起天地，曲城卻披上華衣，綺麗而妖嬈。

一盞一盞明燈下是一處又一處的小攤。

擺著精緻小繡件的攤後，側身立著一位豆蔻少女，略帶羞澀抬首，你能不心頭一動？琳琅滿目的飾品後，那年華正茂的少婦正晃著皓腕上一個雕工巧致的銀鐲，你能忍住不去多瞧一眼？各色水粉後，風韻猶存的大娘正用那半是滄桑、半是風情的眸子瞅著你，你能不稍停腳步？那憨實的鄰家哥哥正用竹枝兒編著小老虎，你能忍住不伸手去碰碰？山水書畫之後，清高又孤傲的書生正就著昏燈讀著手中聖賢書，你能不回首一顧？瘦小精明的大爺手中一翻一轉，一張香味四溢的煎餅便落在盤中，你能忍住不咽口水？更有樓前簷下那一盞盞緋紅的花燈，在輕風中婀娜舞擺著，那才是曲城最美最豔的風情。

曲城最亮最麗的花燈在離芳閣。

離芳閣在曲城，便如曲城在皇朝般有名。

曲城是皇朝的積金城，離芳閣是曲城的銷金窟。

當夜幕冉冉，星辰明月楚楚而出，便是離芳閣芳華綻放之時。

離芳閣是曲城最大、最有名的花樓，離芳閣的離華姑娘不但是曲城的花魁，乃至在整個華州那也是首屈一指的。

提起離華，那是人人稱誦的，其人如榴花勝火，其歌舞冠絕華州，更兼得擅琴棋書畫、詩詞文章，若非其身分低下，人們怕會將其與昔日的幽州公主，今日的皇朝皇后華純然相提並論了。想當年純然公主招親，幽王都傾盡天下英傑，而今日的離華，就算不能說傾倒天下男兒，但傾倒整個曲城的男人卻是輕而易舉的。

若說言之過譽，離芳閣滿滿一堂賓客便可為證。

大堂最前有一高約丈許的彩臺，此時簾幕低垂，堂中賓客皆翹首以待，只盼著那簾幕早早勾起，盼著那豔冠群芳的離華姑娘早早露面。

夜色漸濃，燈火漸明。

從離芳閣開門至今，已一個時辰過去了，彩臺上依是未有分毫動靜，堂中的客人大多是熟客，都知離芳閣的規矩，也都知離華姑娘萬般皆好，唯一脾氣不好，是以倒未有不滿，依是飲酒吃菜，偶與他人閒聊幾句，慢慢等候。

可二樓正對彩臺的雅房裡的客人卻是等得有些不耐煩了。從敞開的窗戶可將整個彩臺、整個大堂盡收眼底，乃是離芳閣位置最好也價錢最貴的雅房。此時房中坐著兩名客人，皆是二十七、八的年紀，儀容出眾。一個著淺紫錦袍，玉冠束髮五官俊挺，一身的高華貴氣。一個雪髮雪膚雪容，絕頂的俊俏也絕頂的冰冷，偏一身淡藍的長衣卻融化了幾分冷峻，凌漓若湖上初雪。

「這離華姑娘到底美到何種程度呢？竟敢讓人如此等候。」紫衣男子略有些不滿道。

藍衣男子沒有理他，只是指尖敲著腰間劍柄。

「雪人，你說這離華會不會有皇嫂的美貌？」紫衣男子再問。

藍衣男子依未答話，只是眼角瞟了他一眼。

那略帶蔑視的目光刺激了紫衣男子，英挺面容上那雙於男子來說大得有些過分的眼睛霎時流轉詭異的光芒，「雪人，這離華會不會有你漂亮？」

藍衣男子冰冷的面容頓時更冷一分，薄冰似的眸子射出鋒利的冰劍。

紫衣男子卻毫不畏懼，一臉與其氣度不符的嬉笑，「若她……」慢吞吞地說著，長指卻是迅速地一挑藍衣男子下頷，「有你這等姿色，便是再等幾個時辰我也不介意。」

啪！

藍衣男子一掌拍下紫衣男子的手，目光冷冷地看著他，「聽說前幾天九霜將昀王府前的石獅一掌拍碎了。」

紫衣男子聞言那滿臉的笑頓時僵在了那裡，半晌後才乾笑兩聲：「哈哈……我此次可是奉皇兄之命來辦事的，說起來，唉……」他忽然嘆氣，「明明我在帝都練兵練得好好的，為什麼皇兄一回朝便將我打發到這曲城來辦這麼小小的一件事？」

藍衣男子此刻終於正眼看他，字字清晰地道：「因為你太聒噪了。」

精簡卻鋒利，頓時將紫衣男子刺得跳腳，「死雪人，孤哪裡聒噪了！」他雖憤怒卻還是壓低著聲音。

「哼，」藍衣男子鼻孔裡一哼，「陛下有品玉照顧即可，何需你日夜多嘴。」

「死雪人，孤那是兄弟友愛，你敢指責，孤要治你以下犯上之罪！」這麼多年過去了，他念念不忘的仍然是這地位的高下。

「哦。」藍衣男子很不以為然的應一聲。

紫衣男子還待再說，卻見藍衣男子手一擺，「你等的美人出來了。」

彩臺上的簾幕層層拉起，一個紅衣佳人嫋嫋而現。

「等回朝了一定要奏明皇兄好好治你。」紫衣男子依不忘哼一聲。

這兩人正是皇雨和蕭雪空。

皇朝征蕪射大勝而歸，只是回帝都後舊患復發，一時嚇煞了朝廷內外，皇雨更是急得上跳下蹦的。雖有君品玉全心醫治，他卻依舊不放心，上下朝總不離皇朝身旁，時刻不忘念叨「皇兄不可操勞，皇兄要多休息、多進補食」，倒不似堂堂親王，反倒成了皇帝的侍從了。

皇朝煩不勝煩，正好派蕭雪空來華州處理軍務，便將他也打發來了，美其名「協助」，實則是想耳根清淨。

兩人到了曲城，皇雨聽說了離華的美名，也就隨口問了問，那曲城的府尹對這位昀王的大名是早有耳聞，當下也不管那朝廷的律法諸多的禮制，只管在離芳閣訂了雅廂，請這兩位貴人前往一觀。

此刻簾幕拉起，兩人終於看到了久候的美人。

紅色雖有令人眼前一亮之感，但總是太過濃豔而不為高雅之士所喜，可這離華姑娘一身紅衣非但不俗，反是相得益彰，肌膚若雪，羅裙一襯，隱生淡淡嫣紅，若朝霞遍灑雪原，豔光四射更透清華貴氣。

「嗯，為如此美人乾等一個時辰倒也不虧。」皇雨當下讚道，「雖還稍遜皇嫂幾分，但已是麗色罕見。」

彩臺上，離華懷抱琵琶，緩緩走至臺中錦凳上坐下，然後才抬目掃一眼堂中，不行禮，不言語，也未有笑容，冷冷淡淡的，端是透著十分的高傲。說來也怪，那堂中的客人大都是有幾分財勢的人物，可對著這傲慢無禮的離華姑娘卻未生半分怒意。

蕭雪空也看著臺上的美人，那樣的容顏自是少見，可他看著的卻是那一雙眼睛。

杏仁似的雙眸黑白分明，看著堂中眾客如視無物，那不是做作的傲慢，而是骨子裡與生俱來的傲骨。

「這樣的人為何會在這樣的地方。」他不禁輕輕念一句。

「喲，雪人竟也會憐香惜玉了？」皇雨頓時取笑。

「按規矩，請上雅房的客人點曲。」離華抬眼掃向正對彩臺雅房中的皇雨和蕭雪空。房中兩人聞言倒是一怔，都不知離芳閣有這規矩，況且兩人也沒這逛花樓的經驗，又都是武將，聽過的歌也是士兵唱出的雄豪壯烈之曲，在這花樓總不能點〈破陣子〉吧。蕭雪空當下垂眸，不予理會，皇雨沒法，對著彩臺的美人頗是瀟灑地笑笑，可一時還真想不起來應該點什麼曲，只好道：「姑娘看什麼適合便唱一曲就是。」把這難題丟了回去。

離華柳眉一挑，看一眼房中的兩人，這等儀容風範的人物，在這種地方倒是第一次見，心頭一動，勾唇淡笑，目光掃過臺下眾客，隱隱嘲意帶出。

「既如此，那離華便斗膽了，若唱得不中意，還請客人原諒。」說罷，指尖輕拔，琵琶聲動，寥寥數響，卻是金石之音，令人心頭震動。

如畫江山，狼煙失色。

金戈鐵馬，爭主沉浮。

倚天萬里須長劍，中霄舞，誓補天！

離華才一啟喉，房中皇甫、蕭雪空頓時正容端坐，全神貫注。

天馬西來，都爲翻雲手。

握虎符挾玉龍，

羽箭射破、蒼茫山缺！

女子清音，唱來卻是鏗然有力，氣勢萬均，堂中眾客只覺朔風撲面，金粉碧欄的離芳閣頓時黃沙滾滾，刀劍鳴耳，萬軍奔湧，仿身臨那碧血滔天的戰場。

長街上一個白衣少年正緩緩而行，當那一縷高歌入耳時，腳下一頓，便再也無法前行。茫然回首，歌聲不絕，他移動腳步如被歌聲所牽，一步一步走入離芳閣，那門口守門的伸手想要攔，卻被他袖一甩，全摔到街上去。

道男兒至死心如鐵。
血洗山河，草掩白骸，
不怕塵淹灰，丹心映青冥！

離華的歌還在唱，琵琶錚錚，似響在人心頭，劃起滿腔熱血。

那少年已走到臺前，堂中眾人都為歌聲所攝未有察覺。

少年眼睛一眨也不眨地看著臺上歌者，那神情竟似癡了，卻不知是為臺上的人還是為歌。

待紅樓碧水重入畫，喚纖纖月，
空谷清音、桃花水，
卻總是、雨打風吹流雲散。

歌至最後，萬千氣勢嫋嫋淡去，餘下的是千古悵然。

一曲盡了，滿堂皆靜。

「『歌盡曲城』實至名歸。」樓上皇雨悠然讚嘆，「想不到竟可在此聽到青王的〈踏雲曲〉，想不到這青樓女子也可歌金戈鐵馬。」

「風塵多有奇人。」蕭雪空舉杯向空而敬。

臺上的歌者眸光空濛地望著前方，似遙落萬里長街外，似沉入白骸青冥中。

「妳唱得很好，妳知道我的姐姐在哪兒嗎？」

一個仿若古琴幽鳴的聲音輕輕響起，霎時驚醒眾人。

「呀！那小子怎麼在這裡？」皇雨此時方看到那白衣少年驚道。

蕭雪空看向那少年，眉頭一動，心頭卻是嘆息，「萬水千山，不見不休。」

「唉，還真是個死心眼的小子。」皇雨惋嘆。

「你說什麼？」離華如夢初醒，看著眼前陌生的白衣少年，儀容俊秀，卻眸帶鬱結。

白衣少年看看離華，忽而一笑，「當年鳳姐姐的歌藝妙絕天下，只是人間早已不聞，而今有妳，倒也不差。」

「鳳姐姐？」離華全身一震，杏眸盯緊白衣少年。

「『落日樓中棲梧鳳，啟喉歌傾九天凰』，妳身為歌者難道竟不知嗎？」白衣少年忽有些不滿。

「鳳棲梧！」離華眸中閃著奇異的光芒，「你認識鳳棲梧？」

「嗯。」白衣少年淡淡點頭，似乎認為認識這曾名動九州的歌者沒什麼大不了的，「妳的歌唱得很好，我請妳喝酒吧。」那語氣也是淡淡的，似乎便是請皇帝喝酒，皇帝也應該欣然答應才是。

「哪裡來的臭小子，還不快給老子滾出去！」那守門的兩人此時一瘸一拐地衝到臺前，伸手就要將少年拖走。

「住手！」

那兩雙手還未觸及白衣少年的衣角，但聞臺上離華一聲厲喝，柳眉高高挑起，「本姑娘的客人，你們敢無禮！」

「姑、姑娘，這小子他……」

「還不給我滾出堂去！」離華驀地站起身來，手一指門外，杏眸圓睜，「哪裡輪得到你們說話？」

「姑娘……」

「滾，別讓我再說！」離華懷中的琵琶猛然砸向臺下兩人，那兩人馬上閃身躲開，琵琶砰地碎成數塊。

「是、是……我們馬上滾，姑娘別氣。」兩人趕忙退出堂中。

堂中眾客皆屏息靜氣地看著這一幕。曲城人哪個不知，離華姑娘生氣時須得順著，否則必是堂塌樓倒方可甘休。

「唉喲，我的兒呀，妳這是怎麼啦？」離芳閣管事的離大娘一聽到稟告慌忙趕來，卻只見臺上氣喘吁吁的離華，臺下碎裂的琵琶，一個長身玉立的白衣少年及滿堂安靜的賓客。

「罵了兩條狗。」離華挽袖淡然道。

「罵便罵罷了，可不要氣著自己，我的兒可比那些狗要金貴百倍啊。」離大娘滿臉堆笑。

「今日累了。」離華抬手撫撫鬢角，杏眸掃一眼堂中，冷傲間卻偏生分外勾人，「明日離華跳一曲舞吧。」

此言一出，不說離大娘那臉上的笑容更深了幾分，便是堂中眾客也面露雀躍。離華的歌當是冠絕，可離華的舞才真正的惑動華州，只是離華願每日一歌卻百日難得一舞。

「我的兒，累了便去休息吧。嬋兒，快扶姑娘回房。」離大娘一臉疼惜，馬上令人扶離華回房。

一名清秀小婢趕忙上前侍候，離華走了幾步，忽回頭看著那白衣少年，「你是誰？」

白衣少年平靜地回答：「我是韓樸。」

「哦。」離華點頭，杏眸略帶挑逗地瞅著韓樸，「我是離華，請你喝酒，來嗎？」

「好。」韓樸十分爽快地答應。

「那便隨我來吧。」離華轉身離去。

韓樸只是輕輕一躍便無聲地落在臺上，跟在她身後，轉入後臺不見影兒。

「呀，這小子可真有豔福！」堂中眾客一片豔羨。

離大娘看離華離去，忙轉身招呼眾人，滿臉的笑若花開般燦爛，可惜是朵瘦黃花。

「各位客人，我們離芳閣的姑娘們特為各位準備了一曲〈醉海棠〉，還有奴家珍藏的五十年的女兒紅，各位盡可開懷。」

「這五十年的女兒紅酒勁兒可大著呢。離大姐姐，咱若都醉了那如何？」有人調笑著。一聲「離大姐姐」喚得離大娘心眼也開了花，一雙眼都只見縫兒了。

「喲，我的大爺，咱離芳閣別的說不上，可就不缺這舒軟的床鋪，體貼解意的美人呀！」

您便是醉上一輩子，離芳閣也包侍候得您周周到到。」

「哈哈，有道是酒不醉人人自醉，離芳閣海棠盛開。大娘，快拿酒來……」

「就來就來……」

絲竹再起，臺上美人魚貫而出，再加那醇香的美酒，頓時歡聲笑語滿堂。

樓上，蕭雪空起身，「走吧。」

「嗯？」皇雨也起身，卻有些猶疑，「那小子還這麼小就和那離華去……嗯……若是做錯了事怎麼辦？咱們真不要理嗎？怎麼說他也和青王有些淵源。」

蕭雪空一頓，然後挑簾而出，「白風夕的弟弟豈要我們操心。」

「也是。」皇雨點頭，再看一眼大堂，正要抬步時卻是一愣，「咦？雪人，那不是解鷹府的總捕頭印春樓嗎？他怎麼跑到曲城來了？」

已走出門的蕭雪空聞言不禁回跨一步，順著皇雨的目光看去，正見幾人走入大堂，雖皆是常人裝扮，可眉眼間的氣宇卻與眾不同。

「他身旁的好像是曲城的都副唐良和捕頭冼信宇，身後的那幾個大約是他們的屬下。」

「他們到這兒來幹嘛？」皇雨盯著他們，「那神色可不像是來喝花酒的。」

兩人對視一眼，沉吟片刻，一個念頭湧入腦中。

「該不是韓樸那小子犯了什麼事吧？」兩人同時脫口而出。

「若以他那性子，沒做些『除惡懲霸、劫富濟貧』的善事倒令人奇怪。」皇雨喃喃道。

蕭雪空點頭，「以他的武功，出動印春堂倒也是應該的。」

「喂，雪人，若他真犯了事你管不管？」皇雨斜眼瞅著蕭雪空。

蕭雪空想了想，道：「還是先問問看是什麼事吧。」

「嗯，也對。」皇雨點頭同意，「那你喚唐良上來問問。」

「這事應該印捕頭最清楚，還是你喚他來問問。」蕭雪空卻道。

「為什麼要我喚？」皇雨不解，「你喚還不一樣。」

「他屬解鷹府，不歸我管，而你是昀王，百官俯首不是嗎？」蕭雪空瞟他一眼。

皇雨盯著他半晌，然後眨眨眼，道：「若他回帝都後和二哥說了我在這喝酒的事，二哥又跑到皇兄面前參我一本，皇兄到時將我禁足王府一年半載可怎麼辦？」

「那是我大皇王朝之福。」蕭雪空想也不想便答道。

「雪人你！」皇雨氣結。

「你不叫，他也看到我們了。」蕭雪空忽指向那正驚愕抬頭看著他們兩人的印春樓諸人。

離芳閣後園占地極大，又分成了好幾個小園，那都是給閣裡有地位的姑娘們住的。白華園便是離華的住處。

此時正是桂香飄飄時節，園中桂樹下擺有一張小桌，桌上幾樣小菜，兩個酒罈，菜沒怎麼動，地上倒是有幾個空酒罈。

離華與韓樸相對而坐，兩人似是酒逢知己，酒興正濃。

「原來除姐姐外，還有女子也這般好酒啊。」韓樸一張臉白中透紅，分外俊俏。

離華抱著酒罈一氣灌下半罈，玉面暈紅，已有幾分酒意，杏眼如絲，媚態可掬。

「我一晚上已聽到你提『姐姐』無數次了，你姐姐到底是誰呀？老是念著她，不說還當你念著你的小情人呢。」

「胡說，她是姐姐！」韓樸瞪眼怒視。

「哈哈……」離華搖搖有些眩暈的腦袋，「姐姐便姐姐吧，她是誰呀？說來看我識不識得。」

韓樸抱著酒罈灌下一口酒，含糊道：「妳不是唱她的曲麼，妳怎能不知道她。」

「嗯？」離華杏眸微睜，有些迷糊。

「我找她好久了。」韓樸放開酒罈，抬頭看著頂上的桂樹，眸中深深的愁郁彌漫上俊秀的臉龐，「蒼穹大地到處都有她的影子，萬里山河到處都有她的聲音，可我就是見不到她。」清朗的聲音忽幽沉艱澀，「那麼多的人知道她，我就是見不到她……」本來清澈的眸子忽地蒙上濃霧，似要遮起那深深失望與哀傷。

看著他，離華心頭驀然一跳，脫口道：「真像啊！」

「像什麼？」韓樸問她。

「哈哈……」離華笑得意味不明，「像我。」

韓樸聞言眉一皺，他朗朗男兒怎可像女人。可看她嫣紅的雙頰，渙散的目光，足以昭示她的醉意，晃一晃腦袋，不與她計較。

「哈哈，你這模樣真像以前的我。」離華抱起酒罈又灌下一口，「憂愁、抑鬱、煩悶、苦惱我都嘗過，哈哈……像、真像呢。那時我也如你這般地思慕著一個人，癡癡地等著……傻傻地等著……等啊等啊，哈哈……一直等到……哈哈……」笑聲漸響，卻是苦澀萬分。

「他變心了？」韓樸看她那模樣猜測道。

「變心？不，他沒變心。」離華立馬否定，「他那麼好的人怎麼會是那變心的壞蛋！」見她如此維護那人，韓樸倒覺得有些稀奇，抱起酒罈入懷，只是看著她，卻不追問。

「他真的沒變心。」離華又嘟囔一句。

韓樸無意識地笑笑，舉罈猛灌幾口，頓時覺得頭有些暈了，瞇起眼想要看清眼前，「他既沒變心，那他在哪兒？妳為何又在這裡？」

「哈哈。」離華傻傻一笑，「我嗎？因為我逃家了啊……我……我要做江湖女俠，然後……就到了這裡。他嘛……哈哈……」她鬆開酒罈，直起了身子，抬首，透過桂枝，今夜的月半明半暗，「他死了呢。」輕輕柔柔地吐出，和著酒香與夜風，融入寂寂長空。

有什麼從眼角溢出，順著鬢角隱入髮中，留下一道冰涼的微痕。

韓樸又灌一口酒，酒意衝上頭腦，身體似乎都變輕了。

「既然他沒變心，那妳便無須傷心。要知道……這世間雖有許多白頭到老的夫妻，可他們的心從來沒有靠近過，比起他們，妳可要幸福多了。」

「幸福……哈哈！」離華忽然大笑，指著韓樸，杳眸中水光凌凌，「你這傻小子年紀小小怎麼能知道！哈哈……他沒變心，那是因為……他的心從未在我身上！」脫口而出，霎時只覺所有的偽裝、所有的堅持都在這一刻崩潰了，那些碎片四處散落，有些落在心頭，劃出道道深痕，血淋淋地疼痛非常，眼眶裡陣陣熱浪，怎麼也止不住淚珠地傾瀉。

韓樸半晌無語，呆呆地看著對面淚傾如雨的女子，那麼陌生卻異常的美麗，那麼的悲痛憤怨，可是卻不想去安慰勸解，只覺得哭得非常的好，似乎自己身體裡有什麼藉著她的淚傾瀉而出。

「醉了吧？」他喃喃嘀咕，抱起酒罈灌酒。

「哈哈哈！」離華又哭又笑，忽舉起酒罈直灌，一半入口一半濕了衣衫，「當年的我……你知道我是誰嗎？哈哈……」這一刻應是毫無顧忌的，不管對面是誰，不管這是什麼地方，也不管明日，這酒衝開了往日的束縛，「我便是北州的公主白琅華，曾經的北州琅玕花！哈哈，知道吧？」

「不知道。」韓樸瞇著眼，那樹在移，那月在搖。

「你這小子竟然不知道！」離華生氣地敲敲酒罈，「我白琅華貌比琅玕花，那什麼天下第一美人的純然公主，什麼驚才絕豔的惜雲公主，那全都比不上我的！知道嗎？」

「妳在說、說大話，哈哈……」韓樸傻笑。

「那是真的！」離華瞪圓杏眼，只是再怎麼瞪也沒半點威嚴，紅玉似的臉，酒意朦朧的眸，嫵媚入骨，可惜面對的是不解風情的韓樸，否則哪個男人能不骨酥肉軟。

「當年我是尊貴的公主，那麼的好……那麼喜歡他，為什麼……為什麼他不喜歡我？」

「為什麼？」韓樸乖乖地追問一句，一顆腦袋不住搖晃。

「為什麼啊，哈哈……」離華笑得詭異又尖銳，靠近韓樸的耳朵輕輕地，涼涼地道，「因為他心中藏著一個人。」

「藏著誰啊？」韓樸繼續問道。

「藏著一個他永遠都只能仰望著的人，哈哈……他藏得再深再重又如何，他永遠都不可能得到那個人……你說可笑不可笑？」

「不可笑！」韓樸卻道，「妳笑什麼？」他迷惑地看著她，「笑妳自己嗎？」

「笑我自己？」離華重複，忽而恍然大悟般拍桌大笑，一邊笑一邊點頭，「哈哈……可不是麼……小兄弟，還是你聰明……知道是笑自己……」

「笑得真難看。」韓樸皺皺鼻子。

「胡說！」離華一拍桌子，卻整個身子都軟了，伏在桌上嘟囔道，「我白琅華貌壓華純然，才逼風惜雲，你怎麼可以說我難看？」

「妳說什麼？」韓樸趴在桌上，努力抬頭想要聽清楚。

「我說……他為何不喜歡我？」離華抬頭，抱著酒罈搖晃著，「我那麼好，他為什麼不喜歡我，為什麼……」

「嗯，我也想問姐姐，她為什麼這麼久了都不來見我。」韓樸也抱起酒罈搖晃著，「五年早就過去了，我也藝成下山了，可她為什麼還不來接我？」

兩人隔著酒罈相望，然後都傻呵呵地笑起來，笑著笑著忽又大聲哭起來，一時園中夜鳥驚飛，花木同悲，直哭了小半個時辰兩人才止了淚，哭了這麼久，酒意似輕了幾分。

「妳說我姐姐會不會來見我？」韓樸用衣袖擦擦臉問道。

「你說我可不可以回到十七歲？」離華睜著淚眼問道。

「哈哈……」兩人又大笑起來。

「十七歲啊，多麼好的年紀……那時候正是我遇上他的時候。」離華抬頭看著夜空，淚又蒙上眼，黑漆漆的天幕，模糊的淡淡疏星，「正當韶華，天真爛漫，而不是如今，滿身瘡痍，心如老嫗……」

「嗯，」韓樸聞言直起身，隔著桌俯近她的臉，審視片刻道，「還沒老，論姿色，我看過的人中除了純然公主和鳳姐姐外，妳是最好看的。這麼美的妳當有那長著慧眼的人來喜歡妳，那時妳自會開懷。」

離華輕笑，一推韓樸，「比你姐姐如何？」

「我姐姐……」韓樸迷糊的腦子忽然清醒了幾分，染著酒意的眸子一亮，「妳們豈能與我姐姐相提並論？」

「你小子真沒救了！」離華指著韓樸大笑，「只是你姐姐到底是誰呀？」

「『如畫江山，狼煙失色。金戈鐵馬，爭主沉浮。』妳今晚都唱著她的曲，怎麼不知道她是誰呢。」韓樸笑道。

忽然站起身來，手一揮，腰間長劍出鞘，這一刻，他身形穩如松柏。

「我也知道唱姐姐的詩歌。」他輕聲道。

身形一動，長劍劃起，園中霎時劍光若雪。

杯酒失意何語狂，苦吟且稱展愁殤。
魚逢淺岸難知命，雁落他鄉易斷腸。
葛衣強作霓裳舞，枯樹聊揚蕙芷香。
落魄北來歸蓬徑，憑軒南望月似霜。

輕而慢地吟唱著，揮劍卻是急如風雨，偏又帶著從容不迫的寫意，身如蒼竹臨風，劍如銀虹繞空，細小的桂花被劍氣一帶，飄飄灑灑若輕雨飛舞。

離華看著園中舞劍的白衣少年，恍惚間似回到那個十七歲，回到銀甲如霜的風雲騎營前，仿看到那個容易害羞的年輕將軍，在同僚的起鬨下有些無奈地紅著臉起身，拔劍起舞，劍光如匹，人矯如龍，劍氣縱橫中是一張俊秀得令人心痛的容顏……

「久容……」

劍光散去，那人回首，白衣朗淨，卻不是那銀甲英秀的將軍。

「妳在看誰呢？」韓樸回首問她。

那樣悲切而帶痛意的目光當不是看他。

寶劍寒光爍爍，離華酒忽然醒了，輕輕一笑，道：「你小子可真大膽，竟敢說青王是你的姐姐。」

「妳都可以是北州的公主，我為何不能是青王的弟弟？」韓樸手按著胸口，那兒有半塊翡翠玨。當年年少無知，可這麼多年，他已長大，看清了很多事，想明白了很多謎。

「哈哈，說得也對。」離華起身，腳步有些晃，扶著桌，抬手指向天邊月，「老天爺的眼睛看得清楚，我是北州琅華，青州風雲騎大將修久容的妻子；你是韓樸，青州青王風惜雲的弟弟，哈哈，我們實在有緣……今夜相遇，桂下醉酒……哈哈……」

韓樸卻對她的話恍若未聞，自語般輕吟著：「昨夜誰人聽簫聲？寒蛩孤蟬不住鳴。泥壺茶冷月無華，偏向夢裡踏歌行。」手一挽，長劍回鞘，「那時候姐姐說我不懂『泥壺茶冷月無華』的清冷，而今我懂了，可她卻不在。妳知不知道她在哪兒呢？」

「不知道。」離華答得乾脆。

那兩個人，無論是功業千古的青雍雙王還是武林傳奇的白風黑息，無論在天下人心中他們何等崇高……她卻願永遠也想不起來，此生唯願永不再見！

「多謝妳的酒，我要去找她了。」韓樸轉身離去，長劍在地上劃下一個孤寂的影，「天涯海角總有盡頭。」白衣一展，眨眼便消失於夜空。

離華呆呆地目送他離去，那背影單薄卻倔強。

一陣風吹過，她不禁瑟縮，緊緊抱住雙臂，想求一點暖意。

他，前路茫茫，迷霧重重，可他認定了要走到底。

而她……路已絕。

夜深了，回首，滿桌狼藉，滿園寂寥，唯有夜風不斷，拂過酒罈發出空曠的輕響。

萬籟俱寂，萬物俱眠。

沉沉的夜色裡，離華依舊獨坐園中，燈早燃盡了，只餘天邊斜月，灑下淡輝，伴著園中孤影。

砰砰砰的拍門聲猛然響起，在這寂靜的夜裡分外響亮，驚醒了沉浸於往事中的離華，她迷茫抬首，一時間分不清置身何處。

「開門！」這聲音簡潔有力，伴著的拍門聲也是沉穩而有節奏。

「離華，快快開門。」離大娘的聲音卻有些急。

神魂一點點回體，站起身，卻差點摔倒，抬手扶住石桌，只覺得頭暈目眩，四肢綿軟。她蹣跚地走到門邊，才一打開門，便湧入一群人，幽暗的園子中頓時燈火通明。

「什麼事？」離華厭惡地皺了皺眉。

「搜！」為首的男子一揮手，數人已衝往屋內。

「幹什麼？」離華厲聲喝道，來不及阻止，只能看著那些人直奔屋內。

「請姑娘見諒。」為首的男子抱拳施禮，倒是大方得體，「因事情緊急，多有得罪。」

「深更半夜破門而入，姑娘我殺人越貨了嗎？」離華冷冷地看著他道。

「我的好姑娘，妳小聲點。」離大娘趕忙一扯離華，小心翼翼地朝那男子笑笑，然後挨近離華輕聲道，「妳在這後園離得遠沒聽到，今夜前面可是鬧翻天了。這位是解鷹府的總捕頭印大人，他們在抓逃竄的重犯，這犯人不知怎的潛到我們閣裡來了，可厲害呢。印大人他們早做好了布置，卻還是給那人逃了，大人擔心犯人還躲在閣裡，所以各園都查看一番。姑娘莫生氣，這也是為著閣裡頭的安全，否則妳想想，有這麼個重犯待在閣裡，妳叫我們怎麼安心過日子，那往後可怎麼……」

「好了，大娘。」離華不耐煩地打斷離大娘的話，轉頭瞅著印捕頭，「快點完事，別耽擱姑娘我休息。」

「那當然。」這位捕快的總頭兒對於離華的態度倒沒生不滿，依舊有禮地道，「印某還想請問姑娘，夜裡可有聽到什麼響動或是見到什麼異常？」

離華打個哈欠，才道：「今晚上唱了一曲後碰上一位韓公子十分可心，於是便請韓公子來我這裡喝酒，我們倒是相談甚歡，可沒聽到什麼，也沒見到什麼異常。」說著斜睥瞟一眼印捕頭，波光盈盈卻隱帶冷嘲，「韓公子走後我不勝酒力，坐在園子裡歇息，吹吹這秋日涼風想醒醒酒，連房門還沒進大人們便來了。」

「哦？」印捕頭看看園中那些空酒罈，看看滿桌殘羹，又看看離華疲倦的神色，聞著滿身的酒氣，知其所言不假，又獨自在園中四處走走，一雙眼睛不放過一草一木。

「印捕頭。」園外傳來呼喚，緊接著是輕而勻稱的腳步聲，然後從門口又走進兩個人。

印捕頭一聽到呼喚便趕忙轉身，一見那兩人馬上躬身行禮，態度極為恭敬。

「如何？」走在前面的皇雨問道。

「暫沒有發現。」印捕頭恭謹答道。

蕭雪空抬目細細掃視園子一眼。

一旁的離華見到那樣的目光不禁心驚，似乎只這一眼，這園子裡裡外外便被那一雙冰似的眸子看個清清楚楚，連房門牆壁都不能阻擋。此刻近了，可清楚地看清兩人容貌，紫衣人玉冠俊容、一身華貴，一望之便知是高位之上的人，而這藍衣人一頭雪似的長髮十分奇特，面容之美連她這華州花魁都生出自愧弗如之感。心頭一動，忽想起以前曾有人調侃著說過「掃雪將軍雪髮雪容可謂男中純然，無愧雪空之名」的話，再看一眼兩人氣度，再加那印捕頭的態度，心裡當下十分地肯定了兩人的身分。

「味道好重。」蕭雪空皺皺眉頭。

眾人聞言嗅嗅，園中除桂花香外還有一股濃郁的香味，是從那開啟的房門中傳出。

「是檀香。」印捕頭道，轉頭問向離華，「姑娘未曾入房，這檀香是何人所點？」

離華滿不在乎地掠掠夜風吹亂的髮，淡然道：「我房中日日夜夜、月月年年都燃著檀香，從未斷過。」

「是呀，大人。」離大娘趕忙上前，「離華一向睡眠不好，本來點檀香是為安神的，但後來離華說喜歡這味兒，白天也點著，自她住這園子以來，這檀香便從沒斷過，都是從漱香齋特別製的，一枝可粗長著呢。早上點一枝可以一直燃到第二日早上，這香都是離華自己點的，從不假手他人，這在我們離芳閣可是上上下下都知道的，便是曲城，只要來過白華園的也都知道呀。我們離華是有名的可人兒，這曲城誰人不愛呀，白華園的客人也像這檀香一樣從沒斷過，而且來的可都是些貴客呀，像城西龐府的龐大爺、邱校尉家的大公子、劉家綢莊的劉大爺、百瓷坊的百坊主、曾府尹家的二少爺，還有李參將呀，黃主簿呀……」

「閉嘴！」

冷不防蕭雪空一聲冷喝，頓時嚇斷離大娘滔滔不絕的說詞，聲音不大卻震懾全場，離大娘更是大氣也不敢出了，瑟縮地看著他，不知道是哪句話說錯了，惹惱了這個美得不像話也冷得不像話的人。

園中侍在一旁的那些捕快、士兵本還為這燈火下豔色逼人的花魁而心跳加速，可此刻聽著離大娘數舉著這些白華園的入幕之賓，一時皆諸般不自在了，看著離華的目光也有些異樣，有些甚至不自覺地後退幾步，本想一親芳澤的美人此刻不知怎的骯髒醜陋了些，這檀香嫋嫋的白華園一下子臭氣熏天了。

離華聽到蕭雪空這飽帶怒意的喝聲倒是有些訝異，不禁移眸看向他，卻正對上那雙如冰般明澈的眸子，心頭一震，轉頭避開，卻又隱隱不甘，又轉回頭，杏眸一眨，波光盈轉，嫵媚地挑逗，「這位公子以後多來白華園走走，便慣了這氣味的。」

話一出，蕭雪空頓時一呆，不知該作何反應，一旁的皇雨卻是忍不住笑了。

正這時，入屋搜尋的諸人陸續回報，皆無所獲。

印捕頭聞言皺眉，然後轉頭看看皇雨，皇雨點點頭。

「都回去。」印捕頭吩咐屬下，又轉身向離華抱拳，「打擾姑娘了。」

離華不置可否地點點頭，目光不看他人，只瞅著那株桂花。

眾人一時退去，皇雨扯著蕭雪空，「走吧。」

蕭雪空跟隨其後離去，走至門邊忍不住回頭，正碰上離華轉來的目光，離華慌忙垂首再次避開，蕭雪空輕輕一嘆，離去。

「雪人，你不會動心了吧？」園外皇雨打趣著蕭雪空。

蕭雪空搖首，心情有些沉重，「只是覺得她不應該待在這裡。」

這位離華姑娘，儘管滿身風塵，卻有些刻意。一個人的眼睛是她內心最好的映照，那不經意間流轉的清華傲氣足以昭示著她的出身，而且……那樣灰暗絕望的眼神很熟悉，如同數年前的自己，只是……他忍不住輕輕嘆息。

園內，離華聽到那話，聽到那一聲長長嘆息，心頭一酸。

「姑娘也累了，早些歇息吧。」離大娘伸手想扶她進房。

「大娘回去休息吧。」離華手一轉不著痕跡地避開，然後引著離大娘出門。

離大娘離去後，離華關上園門，走入屋內，一閉房門，滿室黑暗撲面而來，沉沉地壓得她無力軟倒在地，悲從中來，再也忍不住慟哭出聲，偏又壓抑著，細細的、淺淺的，如受傷的孤雁，雖傷痛重重卻依要小心的不能哀鳴，只怕一聲啼鳴便引來危機，分外淒切悲涼，聞者傷心。

十七歲……十七歲……十七歲……那是她最幸福也最痛苦的一年！

她是北州尊貴的琅華公主，她是美麗純潔的琅玕之花，她深得父兄寵愛，她在火海劍光中遇到他。她與他，公主與將軍，英雄與美人，青王親自賜予的姻緣……那真是最最快樂，最最幸福的事。

可是……眨眼間，國破家亡，父死郎亡，天上地下卻是那樣容易的一個轉變！

國不成國，家不成家，親人死散，無處可安。

想離了那個讓她痛徹心扉、冷徹入骨的地方，想著擺脫一切悲痛，天長海闊，重新再活，誰知……愚昧無知的她啊，何曾真正識過人間疾苦，何曾真正見過地獄。戰場啊她見過可還算不得了，戰場只有生與死，那生死不能的才是地獄！十七歲……她也度過她一生最最痛苦的日子。

從地獄轉過一圈，看過了惡鬼邪魔，無知幼稚終於離她而去，她終於成長，換得了滿身瘡痍。嘗盡人間苦痛，識盡了人間愛恨，她才明白，昔日自以為是的美好姻緣竟是如此可笑，她一心愛戀的良人原來從不曾鍾情於她身上，那雙羞澀的眸子看她何曾有過波瀾，何曾有過一絲柔情，青王賜下的手鏈，那段姻緣的信物……他最後不是要了回去麼。只可笑她不曾明白，還可悲地認為那是他要去作念想的……哈哈，那是念想，卻不是為她，而是為那個賜物的人，她不過是他的主上賜給他的，他是永遠也不會違背他的主上的命令的。

罷了、罷了……他死了，琅華也死了，她只是離華。

活下來了便活著，她要好好看著，她要看看這老天到底有沒有眼，她一生無惡，便要得如此結果？那麼他們……憑什麼那兩個便是神仙眷侶？憑什麼？

拚盡一身糜爛，拚盡一身骯髒，她就是要活著，她就是要看著，要看她到底會有如何一個結果，她最後會得一個什麼結果！

可是剛才的那個人……那樣乾淨的眼睛，那樣憐憫的眼神……他憑什麼憐憫她，憑什麼同情她，她是公主！他不過是個將軍！他憑什麼那樣看著她，他憑什麼說那樣的話……她是公主，她是高高在上的公主，憑什麼要讓那個人高高在上地可憐她，憑什麼！

雙臂緊緊抱住，咬牙止住沖喉而來的悲泣。

哭有什麼用，不哭！決不要哭！

這世間，沒人珍惜妳的眼淚，便決不要哭！

「砰！」一聲悶響，似有什麼重物落在地上，驚醒了沉入悲痛深淵的人。

響聲過後卻是一片寂靜。

半晌後，離華起身，憑著記憶，摸索著點燈。

昏黃的燈下，可看到房中倒伏著一個人，一身黑衣，雖身軀蜷縮著，但依舊可看出是一名身材高大的男子，閉著眼睛，面色蒼白，似已昏迷，可手中依舊緊抓住一個畫軸，背上一柄長劍。

離華走過去，蹲下身子細細打量。這男子不正是白日裡街上被她罵的人嗎？

近身才發現那黑衣多處破爛，且濕濕地透著濃濃的血腥味，肩膀上還缺了一塊布，抬頭，果真發現橫樑的釘上掛著小塊黑布，想來這人剛才是藏身於樑上，實支援不住了才摔落下來，看來受傷頗重。再想想剛才那些闖入園中的人，有些明瞭情況。

「皇朝的昀王與將軍要抓的重犯便是你嗎？」離華彎唇勾一抹淡笑，「看來我這房裡的檀香倒是無意中幫你掩了這血氣。」眸子一掃那人濃黑的眉毛，站起身來，俯視著地上徘徊於生死之間的人，半晌後不無諷刺地道，「既然他們要抓你，我便救你吧。反正我已是如此，再壞也實在想不出還能壞到哪裡了，哈哈……」

黑夜過去，白日返來。

清晨的陽光透過竹簾照入，正落在案上那枝桂花上，淡黃細小的花瓣頓時變得格外挺秀，嫋嫋淡香縈繞環室，清雅宜人。

他睜開眼，入目的是緋紅的羅帳。

「醒了？」很脆亮的聲音。

他轉頭，逆光裡一個窈窕的身影，面貌模糊，仿如夢裡仙女般縹緲。

「既然醒了，那看來便死不了了。」清脆的聲音中夾著冷刺刺的嘲諷，很是耳熟。

他猛然清醒了，翻身便起，卻牽動傷口，一聲悶哼，又倒回了床上。

「妳、妳是……我……」看清了眼前的人，卻叫他吃驚不小。這不正是昨日那將珠寶當腌臢的女子嗎？虧得她那一番作為，反讓他尋著了一直在尋找的東西。

「是我救了你，誰叫你摸進我房裡了。」離華在床前坐下，手中一碗稀飯，「這粥給你喝，再餓也沒有了，還是我省下來留給你的。」將碗往床邊小凳上一放，便起身轉至妝檯前梳髮理妝。

床上的人看著她怡然自得的模樣有些疑惑，又打量了一番房中景象，華麗富貴，倒正襯了她離芳閣頭牌姑娘的地位。

「我這房中雖沒我的允許不會有人進來，但你還是小心些吧。不要讓閣裡的人發現了，免得連累了我。」離華一邊梳著髮一邊說道。

烏黑如綢的長髮在雪白的指間滑動，一綹綹的盤成髮髻，玉釵鬆鬆簪起，再插上一枝金步搖，長長的珠飾顫顫垂下，在鬢間搖曳，眉不描而黛，膚無須敷粉便白膩如脂，唇絳一抿，嫣唇如丹，珊瑚鏈與紅玉鐲在腕間比劃著，最後緋紅的珠鏈戴上皓腕，白的如雪，紅的似火，懾人眼目的鮮豔，絳紅的羅裙著身，翠色的絲絛腰間一繫，頓顯那婀娜的身段，鏡前徘徊，萬種風情盡在。

床上的人看得有些癡迷。他出生於武將世家，從記事起便日日與軍營裡那些粗獷的漢子為伍，長大後也只知戰場上敵人如虎，再而後便是淪落江湖，從不曾識得女子柔情，也不曾有半日閒情，更不曾如此躺在香閨羅帳裡看美人對鏡理妝，如此的綺麗風情，一剎那令他產生身在幻境之感。

「你身上我給你擦洗過了，那傷口雖塗了藥，但也不知是哪年哪個客人留下的，管不管用就看你運氣。你那衣服早破了，昨晚我便燒了。」離華轉頭瞟一眼床上的人，「哈，你也別不好意思，男人的身子我見得多了，比你身材好的多得是，姑娘我沒占你什麼便宜。」回頭將一個金圈串著的玉鎖掛於頸上，對鏡細看一番，滿意地起身。

「多謝姑娘。」床上的男子抱拳道謝，臉上坦蕩，倒沒有扭捏。

「姑娘我不稀罕你謝。」離華撇撇嘴，走至梨木架上取下畫軸，「這畫軸似乎是我們閣裡的東西，你拚了命的就為著偷它？」

「那畫……請姑娘給我。」床上男子一見畫軸，臉上頓時緊張。

離華展開畫，看了兩眼，畫上一個舞著槍的銀袍將軍，那將軍年紀甚輕，英姿煥發，甚是符合少女心中那如意郎君的模樣，畫旁題著四字「穿雲銀槍」，除此外並無甚奇特。

「名畫佳作我也見過不少，這畫在我看來最多算中上之品，你為何定要此畫？」離華一揚畫挑著眉頭問道。

男子不語，似有難言之隱。

「這畫是我的，豈能你要便給的。」離華將畫一捲。

男子聞言，忽地目射精光，緊緊盯住離華，「姑娘說……這畫是妳的，不知姑娘是從何處得此畫的？」

「這畫……」離華微一思索，然後道，「似乎是一位從風州過來的客人送給我的。」

「風州？」男子目光一凝，鎖起眉頭，陷入沉思。

曾經的青州如今已分為風州、雲州、月州。

離華又打開畫看看，畫上那銀袍將軍眉間英氣勃發，無論時光如何流逝，都不能磨滅，倒似要襯她今日的頽靡，心頭忽生惱恨，指下用力，畫紙嘶嘶作響。

「姑娘，」男子低聲喝道，目光炯炯地看著離華，「請姑娘莫要損畫！」

「哈，為何？」離華挑釁地勾唇，「我的東西我要怎麼樣，你能奈何？」

男子定定地看著離華，片刻後輕聲道：「姑娘若不順心可將氣發我身上，但求姑娘莫要折損了畫，那畫於我……於我來說比性命更重要。」

「比性命更重要？」離華重複一句，垂眸再看一眼畫，不解中更添怒意，「這畫重在何處？這畫上的人？墨羽騎的將軍就這麼了不起嗎？」

男子一聽不禁驚奇，「姑娘識得這畫中的人？」

離華閉口，握畫的手卻抖起來。

「姑娘，妳識得這人，可知他是誰？他現在何處？」男子不顧身上傷口猛然起身急切地問道。

離華聽到他的提問倒是一怔，揚揚手中的畫問道：「你不識得畫上的人？」

「我未曾見過畫上的人。」男子搖頭。

「既然不認識，那幹嘛一定要得到此畫？當初我之所以留下此畫，不過是因畫上之人曾經相識，可除此外，這畫還有何稀奇的地方能讓你視之重過性命？」離華再仔細看一遍畫，實看不出有什麼特別到能重過性命的地方。

男子沉吟，似在思考到底要不要說出實話。

離華凝眸看他片刻，最後自嘲地笑笑，道：「你無須煩惱，姑娘我不稀罕你的祕密。告訴你吧，這畫大約是在兩年前得到的，畫上的人是昔日雍州墨羽騎四將之一的『穿雲將軍』任穿雲。」

男子聞言，抬目看向離華，目光清亮，神態坦誠，「多謝姑娘告之。非我不願與姑娘說實話，我乃罪人，不想累及姑娘。」

「哦？」離華似笑非笑地瞅著他，本想冷言諷刺，可看著那樣明亮誠懇的眼睛，心下一堵，咽了回去，「既然你想要，我便送與你吧。反正沒要錢的。」她將畫遞給他。

男子看著離華片刻，道：「多謝。」簡單卻鄭重。

伸出雙手，垂首，額貼被面接過畫軸，態度甚是恭敬。

離華看著心頭一動，遞畫的手不禁一緊。

「姑娘？」男子疑惑地看著她，不解她為何突然握得那麼緊。

「哦……你休息吧。我去找找，看能不能給你弄到衣裳和傷藥。」

離華轉身離去，剛走至門邊，身後卻傳來男子的問話。

「姑娘是誰？」

極輕的聲音卻似驚雷劈在離華的耳邊，腳下一個踉蹌，差點沒站穩，閉目吸氣，只當沒聽到。猛地拉開門，疾步走出，可那低沉的嗓音卻如附骨之蛆般傳來。

「姑娘不是這種地方的人。」

砰地闔上門，秋陽燦目，刺得她眼眸生痛，痛出眼淚來。

房內的人看著那扇閉合的門，目光中有著疑惑與深思。

這畫中之人既是墨羽騎的將軍，她一個華州的青樓女子為何會識得？穿雲將軍他雖是不識得，但其名卻早有耳聞，不單是他，墨羽四將聲名遠播，可從未曾聽說過誰有風流韻事，若她為雍州人，當年戰亂，雍州一直安泰，她沒必要從雍州千里跋涉來華州，而且……雖然她言語低俗，滿身風塵，可總覺得有幾分刻意，那雙眼眸黑白分明，怎是豔幟高張的花魁所能擁有，那偶爾睥睨的一眼，是青樓女子再如何驕傲也不會擁有的，那是與生俱來、身居高處的人視眾如下的眼神。

等離華再回房時，便看到床上的人出神地看著畫軸，指尖摩娑著畫上的字，神情恭敬中猶存思念。

她將手中黑色的布衣往床上一拋，再從廣袖中掏出幾個饅頭遞過去。

「這都是偷的，你先將就著。」

床上的人回過神，平靜接過，「辛苦姑娘了。」

離華瞟一眼被男子珍而重之地放於枕邊的畫軸，唇一動，卻終是忍住了。

男子慢慢起身，正想穿上衣服，園外忽傳來砰砰敲門聲，房中兩人同時一驚，對視一眼，離華擺擺手，走至床前扶男子重新躺下，將錦被蓋嚴實又放下羅帳，才啟門走至園中問道：「誰？什麼事？」

「姑娘，奴婢是嬋兒。大娘著奴婢來問問姑娘，曾府壽宴，前些日早有派人來請過姑娘，但姑娘都回絕了，今日曾府的大管家又親自來請，大娘問姑娘要如何答覆？」嬋兒隔著門道。

離華開門，瞅著門邊的小丫頭，「曾府的壽宴是今日？那大總管可有說什麼？」

「回姑娘，那大總管帶了許多的禮物，還備了四人抬的大轎，說他家二少爺就愛聽姑娘唱的曲，今日壽宴也不做大了，只約了些親友。奴婢瞅他們態度倒是十二分的誠懇。」

「哦。」離華略一沉吟，然後道，「妳去回大娘，就說我應了，讓曾府的人稍等會兒，我準備下就來。」

「是。」嬋兒趕忙回去覆命。

離華轉回房，勾起羅帳。

「我出去一趟，你現在一身傷，動也動不了，就先在這養著吧，這園子還算靜，不會有人隨便闖進來。」又看一眼沾血的被面，「昨晚上的藥不夠，這血總是滲著，你衣裳也暫時別穿了，等我晚上帶藥回來敷了再穿吧，否則髒了衣裳再偷便難了。」

離華交代完了，也不理會人家是否答應了，轉鏡前再察看一番妝容，便啟門去了。

床上男子思索了一會兒，決定暫時留下。一來左腿上的箭傷透骨而出，令他整條腿都無法動彈，左肩的那一劍雖未傷筋骨，卻入肉甚深，一動便綻開血口，再加身上那些細傷口，別說走出離芳閣，只怕連這房門都出不了，便是出去了，大約也是出了離芳閣就被那些四處嚴密搜查的捕快抓住，那時還會連累這救自己的離華姑娘。

先在這兒躲幾天吧，等能動了再想法離去，況且……

他終於找到了線索，怎能不留著性命！

黃昏時，離華回來了，卻帶傷而歸，頓時離芳閣驚作一團。

「哎喲我的兒啊，妳這是怎麼啦？好好的一個人出去，怎麼變成這樣啊？」聞訊而來的離大娘一看離華身上的血當場嚇傻了，趕忙上前察看，卻見離華一張臉蒼白如紙，轉頭再見眾人圍成一團，不禁罵道，「你們這些沒用的還傻站著幹嘛，還不快去請大夫！若延誤了，看老娘不剝你們的皮！」頓時有人跑去請大夫。

離大娘扶住離華，直咋呼，「哎喲我的兒啊，這都流血了……天哪，到底是怎麼回事啊？嬋兒，叫妳小心侍候姑娘，妳就這麼侍候一身血地回來了？回頭看我不抽死妳！哎喲、我的兒啊，心痛死大娘了，來，快些躺著，一會兒大夫就來了。娌兒，快去催催，那大夫怎麼還沒到？我的兒，小心些，大娘扶著妳呢。娥兒，快來幫把手扶住姑娘……」

扶著離華躺下，一會兒曲城裡醫術最好的陳大夫便氣喘吁吁地來了。先察看傷勢，包紮傷口，開方抓藥，交代注意事項，等大夫忙活完了走人時，這曲城裡也傳遍了離芳閣的花魁離華姑娘在曾府二少爺的壽宴上只因敬了二少爺一杯酒就被二少爺那號稱「二老虎」的妻子當眾拔釵刺傷的事。

「好了，大娘，我只是傷在肩膀，自己進去就行了。大家都還沒吃飯呢，都過飯時了，先去吃吧，餓著難受。」

白華園前離華拒絕了眼前一眾要扶送她回房的人。

「哎喲，看我糊塗了吧。」離大娘一拍巴掌，「姑娘定也餓了吧。嬋兒，快讓廚房去做些可口的給姑娘送來，記得還要煲一盅好湯給姑娘補血。」

「一整天都沒吃，待會兒多送些，口味清淡點。」離華撫著傷臂皺眉道。

「對，受傷了要忌口，嬋兒記得吩咐廚房做些藥膳。」離大娘趕忙接道。

「是。」嬋兒領命去了廚房。

「鬧了這麼久大家都累了，早些吃飯休息去吧。」離華抬起右手揉揉眉心，有些不耐煩地看著門口的眾人。

「姑娘累了吧，那早些歇息，我們便先回去了，晚間我再來看看，娥兒今夜就留這兒服侍妳吧。」離大娘一看離華臉色，趕忙識趣道。

「晚間不必勞煩大娘了，離華只是傷著胳膊，還能動呢，不用人服侍。」離華看一眼包紮好的左臂，然後從離大娘手中接過大夫留下的傷藥包，「讓婢兒待會兒送飯和熱水過來就可以了，我想早些睡。」

「那好。」離大娘點頭，離華不願人進白華園那是眾所周知的事，「妳先去歇息著，娥兒快去準備熱水。」

「是。」

離大娘領著離芳閣的眾人離去。

離華待他們走遠了才推門進去，天色已暗，園內更顯幽沉，無一絲聲響。特意加重腳步，又一把推開房門，檀香濃郁的香味撲面而來，穿過外廂，繞過屏風，珠簾一勾，那羅帳就如她離開時一般低垂，心裡不禁有些緊張，不知那人是否有聽她的話，還是已經離去了？

放輕腳步走至床前，伸手，微微一縮，最後還是輕輕勾起帳簾，幽暗的帳內一雙亮晶晶的眼睛正看著她，那一刻，心跳忽然停止，可剎那間，卻又雷鳴般跳動，又急又快。

「你……」開口卻又不知要說什麼。

「姑娘回來了。」床裡的人倒是鎮定地開口。

「嗯。」離華點頭，轉身點著燈，房中頓時明亮起來。

「姑娘那是……」男子眼利，一眼便看出離華左臂不適。

離華微微抬一下左臂淡然道：「遇著一個醋罈子，給金釵劃了一下，血雖流得多，但傷口不深，沒什麼要緊的。」

「哦。」男子放下心來。

「倒托這事的福，那大夫留了許多傷藥，倒不用煩惱怎麼替你找藥了。」離華將藥包放桌上，右手打開，瓶瓶罐罐倒是不少，從中挑了一個白瓷瓶，「陳大夫的醫術很不錯，自製的藥也是城裡有名的好，你起來，我給你上藥。」

「這……」男子想起被下寸縷未著的身子。

離華看一眼男子自知他為難什麼，有些好笑又有些感慨，「你只要坐起就行，我給你背上上藥，前面你自己上吧。」

男子點頭，慢慢坐起身子。

離華拿著藥走近，燈光下的身子昨夜早已看過，可此刻卻依為那累累傷疤驚心。那麼多，那麼深，常人受任何一處只怕早已沒命，可眼前這人卻……唉。

等上完了藥，穿上衣裳，園外也傳來嬋兒的聲音。

飯送來了，離華開門接了，打發了人。

菜色果都是些清淡的小菜，分量很足，兩人吃了足夠，只那飯……原只給離華一個那可吃兩頓了，但一個大男人吃怕是需要三份才行，湯倒是有一大盅。

離華移過一個小几置於床上，將菜碟擺好，用帶來的兩個小碗，分別盛了一碗湯、一碗飯，餘下的連盒一起全遞給床上的人。

「將就下，省得碗多了讓人起疑。」

又返身從櫃裡取了雙銀筷自己用。

男子看離華那一小碗飯心下感動，將手中大盒裡的飯往離華碗中撥，道：「我曾四日未進一粟照樣活著，每日能有一飯充饑足已，姑娘莫委屈自己。」結結實實地壓了又壓，小碗裡足放了兩碗的分量。

離華看著這往自己碗裡撥飯的人，眉宇平靜，神色坦然，似是一件再自然簡單不過的事，可她……這一生卻從未曾有人將碗中的飯分一些給她。無論是從前富貴還是而今的卑賤，這樣平常裡透著親密的事她從未曾體會過，看著燈下那張寫滿滄桑卻又充滿堅毅的臉，離華恍惚了。

男子撥了幾口飯，卻見床沿坐著的離華猶自怔怔地看著他，眼中神色奇異，不禁問道：「姑娘為何不吃？」

「哦。」離華回神，看看碗中堆得滿滿的飯，自己平常便是這一小碗也吃不完的，唇動了動卻終沒說什麼，只是安靜地一口一口吃完整碗飯，又喝完那碗湯。

完了，男子將碟裡剩下的菜全倒自己碗中吃盡，又端了湯盅要再給離華倒一碗，離華忙攔住他，「你喝吧，我今日實已算吃得多的了。」

男子看一眼離華，然後笑笑，不再客氣，又慢慢將一盅湯喝完。

正吃完了，娥兒又送熱水來了，離華收了銀筷，將碗碟收進食盒給娥兒帶去，自己接過熱水進來。

倒了一盆水給男子擦洗了一番，然後放下帳簾，移過屏風，將剩下的熱水倒了浴桶裡。幽靜的夜裡，只有窸窸窣窣羅衣落地的聲音，然後是嘩嘩水聲，一縷有別於檀香的幽香淡淡地縈繞於房中。

男子側臥於床裡，閉著眼想睡下，可頭腦卻是清醒異常，無一絲睡意。聽著帳外的聲響，聞著縈繞於鼻的幽香，這一刻，心頭的滋味竟是平生未有。

帳簾再啟時，幽香伴著燈光撲面而來，令他不禁睜目，卻在那一眼癡了。

素白中衣，濕潤黑髮，玉面丹唇，鉛華盡洗，卻是芙蓉天生，清麗不可方物。

看著他那樣的眼神，離華也是一呆。

「琅華原是瑤臺品，」正當兩人神搖意動時，門外忽傳來輕緩地吟哦，兩人同時一震，

「甘露育出珍珠果。」聲音雖輕，卻字字清晰，猶帶著淡淡惋嘆。

離華聽清了那個聲音，面上不禁露出了淺淺笑容，安下心，沖男子搖搖頭，然後啟門而出。

桂花樹下，白衣少年舞劍如龍，團團劍華比那天上的月還要耀眼，銀芒裹著那點點星黃瀉了滿園，清朗吟哦仿若古琴沉鳴，一字一音皆撩動心弦。

「一朝雷雨斷天命，」劍風颯颯，急捲黃花，「墮入凡塵暗飄零。」半空花飛，似倦似憐，劍光斂去，終落塵埃。

月下桂花，清影搖曳，夜靜風涼，少年如玉。

「我來是想問妳，要不要我帶妳離開這裡？」

桂花樹下，白衣少年輕輕淡淡地說著，可離華的心中卻激千層濤浪。

園中很靜，門邊的人靜靜地站著，樹下的人靜靜地等著。

良久後，離華緩緩開口，「你帶我離開，能一生不棄我？」

韓樸眉頭不自覺地微微一皺，道：「我又不是妳什麼人，何談一生不棄？妳難道就不能自己過活？」

離華看著韓樸半晌，忽然間哈哈笑起來，笑出了眼淚，笑彎了腰。

「妳笑什麼？」韓樸一揚眉頭，「若不是看在妳與姐姐有淵源，我才不理會妳呢。」

離華收住笑，眸光凌凌，「你因看在青王的面上所以要『救』我？」

韓樸斂起眉頭，「妳既是琅華公主，想來淪落此處必有苦處，所以我助妳離開。」

「離開？」離華似笑似譏地看著韓樸，「外面天高海闊，山清水秀，人善如佛嗎？」

「外面雖非樂土，但在我看來卻是自在。」韓樸答道。

「哈哈，自在？」離華一聲長笑冷厲如霜，「你可知我為這『自在』兩字受了多少苦？你看在姐姐的面上要『救』我這可憐人出苦海，可……可當年若不是風惜雲與豐蘭息，我能有今天？滅我家國，害我父王，讓我無處可安，這不都是拜你的好姐姐所賜嗎？」

「妳！」韓樸聞言不禁有了怒意，「當年我雖不在姐姐身邊，可我早找過齊恕他們，那幾年發生了些什麼事，我早叫他們告訴我了，姐姐當年視妳如妹，待妳愛護有加，妳莫要恩怨不分！」

「恩？那樣的恩，你休要再提！」離華厲聲喝道，只覺得胸口翻湧，這麼多年的恨與怨因著眼前這個人此刻全部糾結發作。

「姐姐與那……那人是滅了北州沒錯，可妳若說姐姐做錯，若敢怨恨姐姐，妳休怪我對妳不客氣！」韓樸一張俊臉氣紅，清朗的眸子此刻冷厲地盯著離華。

「我就是要怨，就是要恨，你又能如何？怎麼？要殺了我嗎？」離華走下臺階，一步一步逼近韓樸，眸中是又毒又利的恨意，「憑什麼她滅了國、殺了人卻是彪柄史書的千古功業？憑什麼我國破家亡卻不能怨恨？憑什麼我千金之軀卻被那些惡人糟蹋？憑什麼我堂堂公主卻要淪落青樓？憑什麼你敢站在這裡指責我？」一連串的詰問衝口而出，埋了那麼深，藏了那麼久的淒苦怨恨全部衝向眼前這個揭起她傷疤的人。

「妳說被惡人糟蹋是什麼意思？」韓樸本是惱怒萬分，可聽到最後萬丈怒火全消了，皺緊眉頭看著離華，「妳到底是怎麼到了這離芳閣的？」

「你不知道啊，我來告訴你。」離華放聲長笑，此刻她完全不顧會驚起他人，完全不顧守了許久的祕密就此曝光，此刻的她被一腔怨恨所控，理智早已離她遠去，只想將滿腔的愛恨怨仇宣洩而出。「『自在』，可不都是因為這兩字啊，當年他死了，父王死了，北州亡了，可我想外面天高海闊，任人逍遙，我便忘了那家國破滅的仇恨，棄了琅華公主的身分，以一個平民百姓的身分重新活過，不要榮華富貴，也擺脫那份刻骨傷痛，但求江湖山水自在一生。哈哈，我這想法沒有錯吧？」她眼睛灼亮異常地望著韓樸，眸子燃著瘋狂的焰火。

韓樸默然，只是等待她繼續說下去。

「自在一生……哈，你看我想得多麼美好，多麼容易啊。」離華冷冷地笑著，一雙杏眸裡卻是透骨的哀涼，「那年冬天，我帶著品琳離了王宮，想著天高海闊，江湖快意，自有我白琅華一番天地，一番瀟灑。哈哈，可你知道我們遇著了什麼嗎？哈哈，山水哪裡清幽乾淨了，不過才走到第一座山便遇著了一窩盜匪，他們……他們……」

離華的聲音忽然嘶啞起來，目光幽幽如鬼火般盯著虛空某處，燃燒著怨念與恨意，死死地盯著，韓樸那一刻忽覺得全身一冷，秋風似乎有些寒徹骨了。

「他們數十個大男人，把我和品琳抓去了，輪番著來，日日夜夜的沒完沒了。」鬼火般的目光盯在了韓樸身上，那聲音低啞的如從地獄傳來，帶著森森鬼氣與寒意，綿綿不絕地在耳邊響起，聲聲回蕩。

「你聽懂了嗎？」那藍幽幽的鬼火慢慢靠近，那惡鬼森森露出一口白牙向他逼近，「數十個大男人，一窩盜匪呢，他們強暴了我和品琳，灌了我們藥，日日夜夜地蹂躪，你都懂了嗎？」

韓樸猛地退了一步，面色慘白地看著一步之遙的人，那張扭曲猙獰的面孔如地獄惡鬼，哪裡是昨夜豔冠群芳的美人。

「你害怕了？你覺得骯髒了？」離華卻又逼近一步，近得氣息吐在韓樸臉上，「可是還沒完呢，你要好好地聽著，一字一字地給我記著。那樣生死不知、人鬼不辨的日子過了一個月，那些強盜玩膩了便將我們賣到了妓院。哈哈……妓院裡倒不灌我們藥了，因為客人不喜歡玩死人，可是品琳卻瘋了，她已被那些盜匪逼瘋了！哈哈……」她慘笑著，笑出了滿臉淚水卻不知，一雙手不知什麼時候抓住了韓樸的臂膀，緊緊地扣住，指甲深深陷進肉裡，「妓院裡怎麼會要一個瘋了的妓女，所以他們將品琳像扔醃臢貨一樣扔了出去，然後……然後一輛馬車就這麼衝了過來，將品琳活生生地……」

離華眼睜得大大的，瞳孔擴大，如沒有神魂的木偶一般，身子搖搖晃晃戰慄著，聲音越來越低，可是韓樸卻還是清楚地聽到了，「品琳她的頭斷了，她的身子上全是血，她的手和腿都奇怪的彎曲著，她的……」

「夠了！」韓樸打斷，伸手扶住眼前的人，「我都知道了。妳……忘了吧。」

「不，我怎麼可以忘了！」離華猛然清醒了，掙開韓樸，眸子中又燃起了鬼火，「我怎麼可以忘了品琳！我怎麼可以忘了她不成人形攤在大街上的樣子，我決不會忘記！當初無論他們如何鞭打折磨，我都不肯接客，可是那一天我求著他們讓我接客，因為我要賺到錢，因為我要求他們買副棺木安葬品琳！」

韓樸看著她，連張幾次口卻無法出聲。

「琅華原是瑤臺品……哈哈，真是多謝你的詩！」離華看著眼前的白衣少年，看著他臉上的痛楚，心下一陣快意，「見到你姐姐時，可一定要告訴她，琅華現在活得好好的，而且一定會繼續活下去，因為她要看看這老天到底有沒有眼，看看這天下到底還有沒有公理，看看那『仁義無雙』的雍王、青王是不是一生攜手天涯笑傲天家，看看這世間惡人是否無惡報，好人淪地獄，看看白琅華這一生還會得些什麼，最後會有一個什麼下場！」

「妳……」

「去呀，快些找到你的姐姐，一定要記得告訴她。」離華笑得分外明媚，卻是惡毒扭曲，「我一直愁著見不到她呢，有你替我傳話真是太好了。」

「妳……」韓樸看著離華那一臉怨毒的笑，看著那雙充滿怨恨的眸子，滿懷的同情憐惜忽地收住，緊緊看她幾眼，最後吐出一句，「妳和姐姐相比果然是天地之遙！」

離華臉上一僵，但很快地又笑了，「我這低賤的妓女又怎能與仁義無雙、才華絕代的青王相比？」

見她一再地諷刺他敬若天人的姐姐，本就是傲氣性子的韓樸差點當場發作，可一看那慘厲悲痛的眸子，想起她剛才所說，終是收了一腔怒意。

他自小就跟隨風夕，一生追著風夕的腳步，在他眼中，人無論男女都應如他姐姐那樣，強大得可傲視天下，縱橫四海，可一手撐起家國，掌握命運前途，而非遇事即怨天尤人、淒苦自憐，是以雖聽了離華的淒慘遭遇，雖同情，但並不因她的遭遇與現在的身分而抱異感，可他心底裡卻對她實有幾分憤慨與輕視。

「妳認為妳今日皆是因為雍王和姐姐滅妳家國所致，可妳為何從沒想過自己的責任？」沉默了半晌，韓樸終於開口，猶帶稚氣的俊臉上卻有一雙沉鬱而智慧的眸子，「姐姐與妳同樣生在王家，可她是名揚四海、才冠天下的惜雲公主，妳不過是有著『琅玕之花』美譽的琅華公主；亂世臨頭，她不但守護了自己的家國，還可指揮千軍萬刀奪得半壁江山，而妳只會眼看著家國破滅，再躲避逃離所有的痛苦與責任；她可為天下蒼生棄位讓鼎，妳卻一朝淪落便再也無法站起；無論是天高海闊還是山險水惡，她自可縱橫瀟灑，而妳卻只會將自身淒苦全責怪他人，只會日夜怨恨而從未想過如何自救重生。妳這樣的人又怎配我姐姐視妳如妹，又怎配做我姐姐的仇人？」

「你……你竟敢……你竟將……」離華將一腔怨恨全灑在韓樸頭上，只是因為遷怒，卻不想反被韓樸指責一番，一時又羞又惱，氣得說不出話來。

韓樸卻不為所動，「沒錯，妳是受盡苦難，應予同情，可妳有今日，難道不也是因妳自己的無知無能所造成的？」他一言刺中要害且毫不留情，「姐姐他們當年對帝都的皇帝都未有加害，更何況是妳，妳若肯待在北州王宮，怎會遇到盜匪？姐姐他們離去時，無論是對國、對臣、對民，都有一個妥善安排，難道他們會獨獨棄妳於不顧？天下人本就有善有惡，妳天真地以為外面的世界一片乾淨自在，卻從未想過以自身之能能否存活於世，這又怪得了誰？」

「你……」離華想要反駁，卻又不知從何駁起。

「難道我說的都沒有道理？難道只有妳所說所想才是正確的？」韓樸沉鬱的眸子中有雪亮的鋒芒，「人貴自知，可妳連半分自知之明都沒有。可憐妳白活了這麼多年卻從未曾長大，從未曾看清人世。人生那麼長，悲歡喜樂、苦痛憂愁何其的多，有幾人一生快樂幸福？

便是姐姐那樣的人，難道就沒有承受過淒苦憂痛嗎？活著，不要老想著昔日，正在過的是今日，抬頭看的是明日。」

離華沒有怒斥，韓樸也沒有再說話，院中一時靜寂異常。

離華呆呆看著眼前的白衣少年，明明比她小，明明一張臉還透著稚氣，可偏偏卻對她講了一堆的道理，這堆道理還讓她啞口無言。可是……這些年來她就是憑著這股怨、這股恨活著，她的信念就是要看他們有個什麼下場，而她最終得個什麼果？可此刻，這少年卻說錯了，全部都錯了……怎麼會，怎麼可能！腦子中一團混亂，怨痛恨悲酸甜苦辣全在心頭絞著。

韓樸看著夜風中離華單薄嬌小的身影，心頭沉重非常，緩了口氣道：「本來……我聽說妳受傷了，所以想來看看妳要不要我幫忙，只是……」本因她與姐姐的淵源想伸手幫助一把，卻未曾想到會揭起她那麼深那麼痛的傷疤，非他所願，想來亦非她所願。

「我不會跟你離開，也不要你的幫忙。」離華咬著唇，抬眸看他，已沒了那入骨的怨恨，可眸中的淒涼卻更深更重，「我離了這兒，還不一樣無法活，你無法護我一生，我也不是你那絕代非凡的姐姐，我是無知無能的白琅華，我……」有幾分賭氣又有幾分認真，「這一生，我就要一個護我、寵我，對我不離不棄的人！若沒有，我寧肯在這爛掉、死掉，也不要外面的自在乾淨！」

韓樸看她良久，最後只淡淡一句，「隨妳。」

離華牙一咬，低著頭。

兩人一時又不說話了，只有彼此怒火過後略有些粗重的呼吸。

半晌，韓樸移目看向那閉合的房門：「妳房裡藏的那個人就是昀王他們要找的人吧？」

「你……」離華一驚，臉色發白。

「別擔心，我可不喜歡管閒事。」韓樸撇嘴道，目光落在她受傷的手臂上，「妳這傷……就是為著他？」

離華反射性地按住手臂，沉默了片刻，才道：「你怎麼知道？」

「哼，」韓樸冷哼一聲，「他的呼吸雖盡力放緩了，別人聽不出，但武功天下第二的我可是聽得出的。」

離華知道瞞不過他，一時倒也放鬆了，「他不是……」

「不必跟我說什麼。」韓樸擺手，「我只是提醒妳，若只是那什麼印捕頭倒沒什麼，但不巧得很，昀王和蕭雪空都在這裡，他們可是十個印捕頭都比不上的，妳小心些。」

「嗯。」離華點頭。

「那我走了。」韓樸轉身，剛抬足又頓住，回頭看一眼離華，思索了片刻，然後從懷中掏出一個小瓷瓶拋給她，「既然妳要救他，那這東西便送給妳吧。我也不會再來找妳，以後是生是死、是悲是喜，全看妳自己吧。」話音未落，足下一點，人已飛躍而起，眨眼即消失於茫茫夜色中。

離華呆呆站在院中，看著手中猶留體溫的瓷瓶怔怔出神。

今夜大悲大痛，全不似這隱忍數年的自己，可是能將滿腹怨恨傾吐而出，卻是全身一鬆。

* * *

握緊手中瓷瓶，推門進屋，剛挑起簾子，便見應躺在床上的人衣冠整齊地立於房中。

『哼，是覺得這裡太髒、太噁心了，要離開了嗎？』離華自嘲地笑笑，卻是滿不在乎地走進房裡。

「東陶野見過琅華公主。」房中的人卻大出人意料之外地屈膝行大禮。

離華當場愣住，片刻後反應過來，只覺得諷刺異常，尖聲道：「你這是在嘲笑我麼！」

「陶野昔日曾聞北州琅華公主有『琅玕之花』的美名，今日方知名不虛傳。」跪在地上的人——東陶野朗聲道。

「閉嘴！」離華厲聲叫道，冷冷盯住他，「你也敢來譏嘲我！」

東陶野抬首，目光炯炯地看住離華，那褐黑的眸子坦然清澈。

「剛才那人所言是有道理，可也非全然正確。人是應自強自立，可非以人人皆類青王。青王文才武功莫說女子，便是男兒，古往今來又有幾人可與之比肩。雖說人應自信，不應妄自菲薄，可人必須承認有一些人就是比自己出色，無論先天才慧還是後天成就，就是要勝出許許多多的尋常人，那樣的人是讓人驚嘆嚮往，可那樣的人畢竟是少數。世間芸芸，眾生萬象，公主纖纖女子，歷經國破家亡卻可放手仇恨乃是智，可棄榮華尊位走入江湖乃是勇，身心遭劫卻可生存至今乃是堅厚葬忠僕乃是義，肯施手救助傷者乃是仁，如此智、勇、堅、義、仁的公主，普天中又有幾人可比？而能有忠僕生死相隨，必是可敬可愛之人。」

離華呆呆地看著他，似乎不明白他都說了些什麼，屏息呆立。

「青王天姿鳳儀已是神話，可公主曆悲喜憂患，有愛恨情仇，乃是活生生的真實人生。所以公主無須與青王相較，也無須與任何人相比，琅華公主就是琅華公主，不是惜雲公主，不是純然公主，是這世間獨一無二的琅玕花。」東陶野一氣說完已是面色發白，跪在地上的身軀已有些抖，可他的神情卻依是那樣的坦蕩真誠。

房中靜靜的，只有東陶野因傷痛而有些粗重的喘息。

「我也有智、勇、堅、義、仁之性？我也是可敬可愛？我是獨一無二的琅玕花？」

很久後，離華喃喃念著，似笑似泣地看著東陶野。

「公主是這世間唯一被讚為『琅玕之花』的琅華公主。」東陶野的神色肯定而朗然。

離華猛然抬手撫住臉，沒有痛哭，沒有哀泣，可身子卻如風中落葉般顫動，霎時間，指間淚珠滾落。

她貴為公主時，雖享盡榮華寵愛，偏生她心底卻是好勝的，她不忿華純然比她美貌，她不平風惜雲比她有才，她總想著有一天超越她們，可最風光之時也是在她們的陰影之下。而今她們一個貴為當朝皇后，母儀天下；一個已成傳奇，萬世傳誦，她卻淪為下賤，歷盡苦難，與她們更是天遙地遠。可是他卻說，她不必與人相較，無論是尊是卑，她就是她，她是北王的女兒，是北州的公主，她也是可敬可愛，她是世間獨一無二。

這一生，何曾有人對她說過這樣的話。

這一生，何曾有人如此看她。

莫要說永遠視她如天真小兒的父兄，他們的眼中只有寵溺；而那些臣子侍婢眼中的她，只是個任性無知的公主；甚至昔日對她愛護有加的風惜雲，她看她，不也與那雍王一樣，憐惜中帶著一絲戲謔。

可是他……他卻是這樣看她。

當她是平常人，當她是活生生的人，認為她可敬可愛……

這一刻酸楚難當，這一刻悲喜交加。

這一刻便是天崩地裂，便是無間地獄，她也無憾。

東陶野只是靜靜地跪著，靜靜地看著，沒有溫存的拭淚與撫慰，只是看著並等待著。

也不知過去多久，當離華……不，是琅華，白琅華放開撫臉的手，淚痕猶在，眸中猶存淚水，可她的神色已變。沒有怨恨淒苦，也非冷若冰霜，那臉白白的，那眸澄澄的，那笑純純的，那是美麗無倫的琅玕花。

「東陶野，我知道的，東殊放大將軍之子，『撫宇將軍』東陶野。」白琅華清清脆脆地道，「琅華不過一州公主，哪能受將軍此禮，請將軍快快起身。」她彎腰扶起他，「小心起來，若崩了傷口，便又白忙一場。」

「多謝公主。」東陶野就著她的挽扶起身。

白琅華扶他小心躺回床上，道：「現已是皇氏王朝，我雖不忘身分，但這『公主』兩字還是省去。你比我年長，我喚你『東大哥』，你喚我『琅華』可好？」

「好。」東陶野爽快答應，轉而卻道，「皇氏王朝我決不承認，我只知道我的陛下才是天下之主，皇朝不過是竊國的叛臣！」

白琅華聽到他的話不禁一怔，此時算是明白了他為何會被追捕。但自北州破滅、父王逝去，無論是東氏王朝還是皇氏王朝，於她都無所謂。她的一方天地窄得很，只容得下她自身，所以東陶野的所言所為，於她來說無甚關係。

「我不懂這些，只是既與大哥相遇，必會護住大哥。」白琅華上前為他拉起被子，「夜了，大哥早些歇息，於傷有利。」

東陶野淡淡一笑，配合地閉上眼。

白琅華正要放下帳簾，忽想起韓樸給的瓷瓶，剛才順手擱桌上了，忙取了過來，道：「大哥看看這藥如何？」

東陶野睜眼，接過瓷瓶，拔開塞子，聞著藥香不禁面露異色，趕忙湊近鼻下聞聞，神色便有些激動了，「這是韓家的外傷靈藥紫府散，這東西不是已絕跡江湖了麼，妳從何處所得？」

「剛才韓樸給的。」白琅華道，看他如此神色，不禁也有幾分高興，「如此說來，這東西很好？」

「豈止是好。」東陶野起身，白琅華趕忙扶起他，「我本擔心我這傷沒個把月是好不了的，可有了這藥，大約五、六天便能好了，這東西千金難買，想不到他竟肯給妳，倒是很有義氣。」

「那小子……」白琅華想起韓樸俊俏又傲氣的臉，不禁笑笑，「他心裡、眼裡除了他的姐姐，這世間便是至寶之物、至尊之位，於他大概也是不屑一顧的，又豈會在乎區區一瓶傷藥。」思及他聰慧卻憂鬱的眸子，心頭卻忍不住沉沉嘆息。

「哦？」東陶野想想，然後道，「他叫韓樸，想來便是昔日武林世家韓家之人。紫府散與佛心丹乃韓家獨門靈藥，當年韓家就是因為這個而慘遭滅門。我聽他聲音很年輕，想來韓家遭難之時他年紀更小，那麼小的時候便遭逢家破人亡的痛事，倒是可憐，與琅華的境遇實有些相像，想來對妳另眼相看，也是因這同病相憐了。」

他這一番感慨出發點倒是好的，奈何全沒猜中韓樸的心思。

韓樸一生最敬愛的人便是風夕，是以一生行事也都隨著風夕，只是憑心任性而為。

他說要請白琅華喝酒是因為她唱了姐姐的曲，並且唱得好，他願幫白琅華離開，不過是因姐姐曾憐惜過她，他留藥倒真是看在白琅華的分上，卻並非同病相憐，而是不想她再為傷藥而自傷，只因他看出白琅華今日的釵傷乃是故意為之，究其原因是這離芳閣沒有傷藥可治東陶野。

而白琅華聞言卻是另一番思量——你說韓樸可憐，與我境遇相同，卻是錯矣。他雖遭逢家難，可他同時卻得到一個更勝親人的姐姐風夕，有她的庇護他又哪裡可憐了？習了一身的本事，可以笑傲江湖，傲視天下，以後定也是名聲響噹噹的人物，又哪裡與她相同。

可白琅華一抬頭，卻看到那雙褐色眸子，溫柔堅定地看著她，一瞬間，忽又覺得心暖，那剛起的幾分不平與悽楚又消失無影了。

韓樸留下的藥果然非常好，上了藥的第二日，東陶野的傷口便癒合了，第三日已可下床慢慢走動，到了第六日，除腿上透骨射出的箭傷外，其餘皆好了八成。

這些日，白琅華藉口臂傷而不見客，那離大娘倒沒生不滿，只知道因離華受傷而來探望的客人絡繹不絕，奉上的珍奇禮物讓離大娘笑得合不攏嘴，雖說離華一個也未見，但離大娘自打理得妥妥的，將那些客人們的心吊得緊緊的，另一面，好湯好藥地侍候著離華，盼著這棵搖錢樹快生好起來。

如此半月過去，東陶野的傷痊癒了，白琅華的傷更是早好了，而且拜紫府散的功效，連個疤也沒留。

這一日，離大娘將白琅華請了去，那模樣、那語氣不過是想問問白琅華何時可接客，畢竟這老不露面的，斷了客人們的念想可不妙。

白琅華想了想，應承當晚跳一曲舞，離大娘聽得當下兩眼放光，趕忙去預備。

這邊白琅華走回白華園，一路卻是又喜又悲。

喜的是東陶野傷癒，悲的……卻是那麼的多。

他的傷好了，自然要離去了，他心心念念地是找尋他的陛下，他切切掛記的是他弟兄的安危，每一日他都恨不能插翅飛往他的陛下身邊，每一夜他都擔心著他那些逃亡在外的弟兄的生死。那傷折了他的翅，這離芳閣阻隔了他與他的弟兄……他就要去了，他也該去了。外面無論天高海闊還是山險水惡，都不能阻了他的腳步，那是他的世界，而她……猛然扶住園門，心痛如絞，忍不住細碎的哀鳴。

她真的要終老這離芳閣嗎？真的要做一輩子離華嗎？離華、琅華……她的心裡當自己是琅華，可她的身子已只能做離華，這卑賤汙濁的身子……

推開園門，靜寂無息，疾步走過，推開房門，依是靜寂。

走了，真的走了。

一顆心頓時如墜深淵至底，幽幽蕩蕩地杳無著落。

失魂落魄地挑起簾幔，卻見那人正立在簾後。

當場呆立，傻傻地看著。

「怎麼啦？」東陶野眉頭一斂，抬手想要扶那傻傻站在簾下的人，卻有什麼涼涼地落在掌心，一看，那人臉上的淚珠似斷線的珍珠，全落在他伸出的掌心上，涼涼的，令他一顆心頓時酸痛起來。

「琅華。」他情不自禁地伸手環住落淚的人，「為什麼哭？受了什麼委屈？和大哥說，大哥幫妳。」東陶野笨拙地拍拍她的頭又拍拍她的背，心仿似給什麼揪住了，糾結地痛著。

這個懷抱多溫暖堅實啊！白琅華閉上眼，她盼了半生，她爭了半生，其實白琅華永在風惜雲、華純然之下又如何，她只要有這樣一個懷抱就可以滿足，在這個懷抱裡，她永遠是天地唯一的琅華。

「琅華不哭、琅華不哭……」曾經是號令千軍的將軍，刀光劍影走來九死一生的勇士，此刻卻只是笨拙地，安撫孩子一般地安撫著懷中的佳人。

到後來，東陶野不再吱聲，任由琅華埋首懷中無聲的哭泣。

也不知過了多久，東陶野才聽到她低低地輕喚一聲：「大哥。」

「嗯，」東陶野馬上應到，「琅華，怎麼了？」

白琅華抬首看他，東陶野卻在那一剎癡了。

盈潤水浸的眸子楚楚含情，長長的眼睫上還顫顫地沾著一滴淚珠，雪白小臉若初綻的白生生的花瓣般嬌嫩柔軟，緋紅的唇畔是花中那一點丹蕊，是清的也是豔極的。

他沒有親眼見過琅玕花，可是眼前的人便是那傳說中天庭落下的仙花，是一朵純白不染纖塵、承著天庭瓊露的無瑕琅華。

他情不自禁地，彷彿神魂不受控制般地緩緩低頭，似害怕碰碎一般，溫柔地將唇印在那朵琅玕花上，印去那涼涼的，鹹鹹的露珠。

白琅華嘆息地閉上雙眸，唇際微彎，那是一朵比琅玕花還要純潔，還要幸福的笑容。

「大哥，我今晚要跳舞，你還沒看過我跳舞吧。當年雍王和青王也曾讚我的舞與鳳姐姐的歌並為天下第一，大哥今晚看我跳舞可好？」

然後……你永遠地離去，我永遠地留下。

「好。」

那一夜的舞，很多年後，曲城的人都還津津樂道，那是從未見過的無與倫比的舞蹈。

那一夜的離華姑娘，棄她一貫喜著的紅裝，換上一襲雪白的羅裙，淡淡妝容卻清麗動人。

輕紗廣袖如煙般縹緲，紗羅長裙若雲般飄逸，袖飛裙舞在那高臺，煙飄雲行在那高空，那人是瑤臺人，那舞是飛天舞，那一夜傾倒離芳閣所有的賓客，那一夜迷惑了天地星月，離芳閣是從未有過的靜謐，天地是從未有過的恬淨，所有的人都沉浸在那絕倫的舞姿中，所有的人都癡迷於那絕麗的花容中。

「很美、很絕望的舞。」清醒而冷冽的聲音在嘆息。

今夜，離芳閣的客人前所未有的多，可正對彩臺的雅廂中依是半月前的那兩位客人。

「這樣的舞此生第一次見，大概也是此生唯一一次見。」皇雨唇邊的笑似是讚嘆那絕麗的舞，可一雙眸子卻是前所未有的冷厲，「雪人，這些日子我聽你的沒有動他們，但現在小鬼已盡，當除首惡。」冷厲的目光盯在閣中某個隱祕的地方。

「等我見過離華姑娘後再行動吧。」蕭雪空淡然道，目光落在彩臺上那纖弱的素白身影，然後轉個方向，那裡的人影已消失。

「好。」皇雨目光落回彩臺，「雪人，這位離華姑娘我可以放過，但東陶野，我必要取他首級。」大大的桃花眼中，此刻流溢的是冰冷的光芒，「凡是敢壞皇兄千秋大業的人，我一個不饒！」

蕭雪空回首看他，這樣冷煞無情的皇雨他不陌生，戰場上那一劍斬下敵首的皇雨便是此刻模樣。

白琅華一舞過後，便離了大堂。

繞過一處精緻的花園後，便是通往後園的長廊。閣裡的人此刻都在大堂侍客，這裡便分外的冷清，緩緩走在長廊上，緋紅的廊柱與昏黃的宮燈一一甩在身後。

「離華姑娘。」

寂靜的夜裡忽然響起的呼喚令白琅華一驚，抬頭，前方不知何時站著一人，淡藍的長衣，雪似的容顏，白琅華心頭巨跳，是他，掃雪將軍蕭雪空！他為何在此？他想幹什麼？難道……難道是來抓大哥的？一念至此，頓時亂了神思。

「離華姑娘。」蕭雪空再次喚道，冰眸一眼便看穿了白琅華的慌亂。

白琅華定定神，笑了笑，「不知將軍喚離華何事？」

將軍？蕭雪空暗中一嘆，自己從未點明身分，她便是看出來也應裝作不知，偏是這樣直接地喚出，豈不是自亂陣腳。

白琅華一說完便後悔了，忙又道：「將軍容貌特別，民間甚多傳說，離華也曾聽過一些，所以一見將軍便知道了。前些日離華無禮，還望將軍海涵。」說罷盈盈施禮。

「姑娘不必多禮。」蕭雪空搖頭，「我來，是為……」他看著對面的女子，一時卻不知要如何開口。

白琅華疑惑地看著他，這一看，卻忽然發現這位將軍在燈光下更是美得不可思議，不禁暗想，這樣美麗的人上了戰場如何號令千軍，那些士兵會聽他的？忽又想到另一張秀美卻殘缺的臉，心頭一痛，定了神思。

只是忽然奇異地不慌亂了，這個掃雪將軍不知為何並不令她害怕，心底裡就是覺得他並不若外表冷漠，不會傷害她。

「琅華公主。」

蕭雪空再一聲呼喚卻讓白琅華全身一震，可轉瞬一想，以他們的能力，要查出她的真實身分又有何難。

「公主可願隨我們去帝都？」蕭雪空猶豫了一下，終於開口，「陛下與皇后娘娘定然會善待公主。」

白琅華猛然抬頭，驚怒羞憤一一從心頭掠過，最後卻在那雙如冰的眸中化為烏有。

「妾身是離華，將軍喚錯了。」白琅華綻顏笑笑，風情豔冶。

「那……離華姑娘可願去帝都？」蕭雪空又問。

「去帝都幹什麼？」白琅華擺出一臉的驚奇，「難道將軍要為妾身在帝都築一座離芳閣來個金屋藏嬌？」說罷眼一眨，嫵媚而挑逗地看著他。

蕭雪空一窘，平生未有女子敢對他勾引挑逗，實不擅應對。

「將軍若看上妾身了，不用去帝都的。」白琅華輕移蓮步挨近他，「就在這裡……今夜將軍可願去妾身的房中？」

蕭雪空急退三步，如避猛獸，白琅華不以為意，依步步逼近，燕語鶯聲，「妾身自問閱男人無數，可從未見過將軍這等人物，妾身心慕將軍，還望將軍成全妾身，今夜便與了妾身。」說著纖手伸出就要撫上他的臉。

「公主不願離開，是為著東陶野？」蕭將軍縱橫沙場，豈是挨打的料。

白琅華伸出的手定住了，嬌笑的臉瞬間慘白。

「琅華公主。」蕭雪空清晰地再次喚道，「請隨我們去帝都可好？陛下聖明，皇后寬仁，必會善待公主。」

夜再次沉寂，風拂過長廊，燈在瑟瑟搖曳，影凌亂地晃蕩。

半晌後，才聽到白琅華微弱的聲音：「不，我不去，琅華已死。」

「那麼……」蕭雪空的聲音驀然一沉，目光緊緊盯在那張蒼白的花容上，「今夜請公主……請離華姑娘早些安歇，無論發生什麼事，請好好保重自己。」

「你……你們是要……」白琅華驀地瞪大杏眸驚恐地看著面前的人。

「姑娘心裡明白就行。」蕭雪空目光不移，「雪空言盡於此，姑娘……以後願上蒼佑福姑娘。」說罷，轉身就走。

「等等！」白琅華急忙喚住。

蕭雪空回頭，「姑娘還有何事？」

「為什麼？為什麼一定要抓他？為什麼就不能放過他？」白琅華緊緊抓住衣袖問道。

「姑娘既知他是東陶野，難道就不知道他都做過什麼？」蕭雪空反問道。

「他做過什麼……」白琅華喃喃，馬上又堅定地道，「即使他做過什麼，那也是忠君之為！」

「忠君？」冰雪似的人難得地動了一絲怒容，「沒錯，他是忠臣，忠於他的君主，但他殺了我皇朝八名將領，他四次聚眾起事，令我皇朝數千無辜士兵、百姓喪命！於東氏他是忠臣，可於皇氏，他是凶手！」

「這些難道全是他的錯？」白琅華憶起前塵，心頭猛起怒火，憤然反問，「若非你們野心勃勃，大東朝依舊好好的，我北州不會滅亡，我父王不會死，陛下不會生死不知，東大哥不會這些年來風雨奔走，辛苦尋找，他殺的那些不過是叛臣，他起事為的是復國，他哪裡有錯？臣奪君位無錯，臣護君主反有錯了？」

蕭雪空瞠目看著她，似不敢相信這樣的話是從她口中說出來的。這個被稱為「琅玕之花」的公主，昔日也曾是才貌可與純然公主、惜雲公主齊名的人物，竟然是這等的……

他深深吸一口氣，才開口道：「請問姑娘，景炎陛下十六歲即位，在位二十八年，請問他有何作為？」冰眸利利地看住那張若琅玕花般美麗的臉，「在那二十八年裡，大東日漸分裂，各州更是戰事頻起，作為一國之主，他卻從未有過任何作為，他只是坐在皇城裡看著，看著亂世成形，看著百姓離亡，請問這樣的皇帝，於國於民有何用？請問這樣名存實亡的大東，有何存在的意義？」

白琅華唇一張，卻又無話可說。

「姑娘再看看而今的王朝，四海歸服，百姓安康，疆土之廣、國力之強比之大東最強之時還要昌盛，妳去問問百姓，他們是要做東氏王朝的子民還是要做皇氏王朝的子民？妳去問問他們是要景炎陛下還是要皇朝陛下？公主出生王家，竟是如此狹隘，只是以個人視天下而不知以百姓視天下。」蕭雪空的目光已現冷淡，「再且，我主仁厚，愛惜人才，但凡有才之士皆可重用，這東陶野，陛下曾多次相招，其冥頑不靈，不知悔改，屢殺臣將，屢次率眾生事，屠害無辜百姓，擾亂民心。此等人，便是陛下要饒，我也不留！」

最後一語冷厲無情，瞬間刺傷了白琅華的一顆心。

「東陶野的忠心我感同身受，是以我不乘人之危，也不以陰謀相害，但是……」蕭雪空鄭重道，「請姑娘轉告，他是東氏的撫宇將軍，我是皇氏的掃雪將軍，今夜，就如兩軍陣前交鋒，我與他離芳閣外，一決生死。」話音落地之時他已轉身離去。

「等一下！」白琅華急忙喚道，一顆心惶惶的。

誰對誰錯，她無法分清也不想分清，她只要他活！

「姑娘還有何事？」蕭雪空站住頭也不回地問道。

「若是……若是他以後不再……若是他以後銷聲匿跡，不再出現，你還定要與他決一生死嗎？」

蕭雪空回頭，昏黃燈下，那雙眼睛卻是雪似的亮，「姑娘認為他會肯？」冷淡的語氣中有著一絲毫不隱藏的嘲諷，「他若肯，便不會有今日。昔日的墨羽騎、風雲騎幾位將軍，他們哪個不曾與陛下為敵，可今日他們是威名赦赦的皇朝六星。不怕告訴妳，景炎陛下是被青王送往淺碧山護起來了，那裡還有雍王昔日的部下任穿雨、任穿雲兩兄弟，我們陛下清清楚楚地知道，但他未動他們分毫。對於前朝君臣，陛下已仁至義盡。」

白琅華臉色煞白地看著前方的人，似無法承受那樣無情的話語，她踉蹌後退幾步，「不要殺他……你們不能殺了他，他……」不能殺他的理由有千百個在腦中滾動，可出口的卻是，「他是好人，不要殺他。」

「好人？」冰雪似的容顏有一絲的恍惚，半晌後才沉沉嘆出，「這世間，好人也有必死的理由。」

白琅華一瞬間墜入寒潭，周圍都是冰冷刺骨的水，綿綿地滅頂而來。

「必死？為什麼？」她茫然地呢喃著。

這一生並不長，可生死成敗，悲傷哀樂卻已歷盡太多，她不解的事很多，她要問的太多，可問出時，又盼望得到哪一個答案？

「世間生生死死何其多，有幾個是以人的好壞來定？姑娘又以什麼來定人的好壞？」蕭雪空再看一眼琅華，轉身，「姑娘自己保重。」

「一晚好嗎？」微弱的祈求輕渺渺地飄來，「讓我們好好過完今晚好嗎？」那是卑微的絕望的乞求。

很久後，久得白琅華都要絕望時，前方才傳來重重的一個字，「好。」

雪似的將軍也隨即融入夜色不見。

「謝謝。」白琅華對著黑壓壓的夜空道。

長廊空寂，燈火昏暗，杳眸失去光彩地盯著頭頂的那盞燈，夜風拂過，籠中的燭火便無助地搖擺著，就如此刻的她，隨時都有湮滅之危。

回想起蕭雪空剛才那驚訝的目光，她不禁恍惚地笑了。

他也失望了吧？他想不到曾貴為一國公主的人會說出那樣的話來。狹隘？若是風惜雲在此會如何呢？應是大義凜然吧，又或根本不用蕭雪空出面，她就會親手殺了東大哥，只因……青王心念蒼生。哈哈，又或是蕭雪空低首向她祈求呢，她那樣的人又怎麼會和無能的她一樣卑微地向人祈命呢，她只需長劍在手，自可護得重視之人的周全，豈會如她……豈會如她！

「哈哈……」白琅華無聲的笑，臉上是狂肆的淒涼的淚。

可她白琅華不是風惜雲！蒼生在她眼中有若蟲蟻，她要護的只有東大哥！無論對錯，無論成敗，她只護他。為他，她也生死可拋，她這一生，只有東大哥！

抬步回走，燭火在搖晃，長廊在搖晃，極目是無垠的黑暗，就像她的這一生。可她只能走著，一步一步地走過這岌岌可危、頃刻傾覆的一生。

夢遊似的推開園門，關上。

夢遊似的推開房門，關上。

挑簾，點燈，那人正摩沙著手中畫軸，望著窗外出神。

燈光將那人自沉思中拉回，轉身，明亮堅定的眸子移到她身上，溫暖的笑浮起：「琅華，妳回來了。」

「嗯。」輕應一聲，溫柔的笑浮起。

「琅華，今夜的舞，我至死不忘。」他再次開口，溫暖的笑不變。

「嗯。」依輕輕應，溫柔的笑。

「琅華，」他移步走到她面前，抬起右手，輕柔地撫上她的臉，「琅華……」他輕輕喚著。

「嗯。」她癡癡地應著。

從額頭到鬢角，從眉眼到臉頰，他終是忍不住將她緊緊攬入懷中。

「琅華，我必須走了，他們已經來了，琅華……」閉目，掩起眸中所有的情感，壓住胸口澎湃的情緒。

「為何剛才不走？」若剛才從大堂逃脫還有機可乘，可此刻……他們早布好網了。

「琅華，我不會不告而別的。」東陶野擁緊的臂又緊了幾分，緊得發疼。

可白琅華卻恨不得能再緊些，再緊些，可緊入骨血，可以連體，可以……生死與共！

「大哥，」很久後，白琅華抬頭，「你要去哪裡？」

東陶野放開她，舉起左手中的畫軸，目光沉沉地穿透前方：「我要去風州，這幅畫是陛下畫的，是從風州傳出的，陛下可能在風州，我一定要找到他。」

轟隆！天空猛然響起驚雷，屋外的風有些急了。

白琅華看向窗外，輕聲道：「要變天了。」

「嗯。」

「大哥，」白琅華對著黑沉沉的夜空，「你要如何離開？」

東陶野不答，只是虎目中閃現刀鋒似的光芒。

「大哥，你要找的人在風州，可他們也知道，你去了那兒也會……」白琅華咬住唇。

「我已死過很多回了。」東陶野淡然道，手緊緊抓著畫軸，「這條命本就是陛下的。」

一陣急風從窗邊掠過，白琅華一陣瑟縮，秋風有些涼了。

「大哥，你帶我離開好不好？」極輕地問著，風吹過，便散了。

東陶野沉默不語。

「大哥，你帶我離開好不好？」白琅華回轉身定定地看著他。

東陶野不出聲，只是目光穿越她落在窗外的夜空，雷聲隱隱，風急塵揚，要下大雨了。

「不好。」很久後，東陶野的回答清晰地響在風中。

白琅華慢慢轉身，關起窗，那雷聲風聲便小了。

「大哥嫌棄琅華？」

「不！」很快很堅定地回答。

「那為什麼不願意？」白琅華移步走近他。

「我不要妳死。」東陶野看著她。

「死？」白琅華偎近東陶野，目光迷濛，「什麼是死？什麼是生？」

東陶野垂目，看著那張近在咫尺的嬌容。

「大哥要琅華死在離芳閣嗎？」白琅華忽然淺淺笑開，無憂無怖。

東陶野沉沉的眸子中閃過一絲動搖。

「大哥便是死了也不算死。」白琅華把頭貼近東陶野的胸膛，閉目傾聽他沉穩的心跳，

「可琅華活著，卻已死了很久了。」

東陶野落在身側的手慢慢抬起。

「大哥，你要琅華孤零零地死在離芳閣嗎？」平靜而輕淡的聲音，卻在瞬間擊垮堅盾。

東陶野的手終於穩穩地落在白琅華的背上，合攏雙臂，圈起一片溫牆，平靜地輕淡地承諾道：「琅華，我帶妳離開，一生護妳、寵妳，不離不棄。」

「好。」懷中的人露出淡然卻滿足的笑，一滴淚順著眼角、鼻樑流至嘴裡。

夜更深了，風更急了，月早隱入黑雲，除了偶爾響起的驚雷，天地再無聲息。

兩人的手緊緊握在一起，穿過長廊，穿過花園，穿過大堂，彷彿是御風歸去的仙侶，雪白的衣裙在風中飛掠，緊緊纏著一片黑色的袍角。

踏出門外，長街空曠，夜風急掠。

才轉過一個街角，夜色中走來一道人影，雪似的容髮在黑夜中散著晶冰似的冷芒。

握在一起的手彼此握得更緊了些。

那道人影在離他們三丈外停步，手輕輕搭上劍柄。

「你答應的。」白琅華前踏一步。

蕭雪空輕輕皺眉。

「一個晚上。」白琅華的拳緊緊握起，「蕭將軍，琅華只要一晚！」

目光相碰，乞求、堅定、淒切的，那冰冷的視線動了一下，轉向另一雙眼睛，無畏、警惕的。

蕭雪空搭在劍柄上的手落下了，沒有言語，一個轉身，如來時般突兀地消失於夜色中。

無須言語，東陶野與白琅華握緊手飛奔，奔過長街，奔向城門，城門竟是開的，無暇多想，只是前去……時間不多，他們要走的路還長還遠。

奔過了寬敞的大道，又奔過崎嶇的小路，也不知多久，終於到了一處山下。兩人停步稍作喘息，抬首望向那黑幽幽的山，只要翻過這座山便離了華州，進入地形複雜的雲州，他們要追來便不是那麼容易了。

「唉，雪人老是這麼心軟。」一道很精神的嗓音劃破夜風，擊碎了他們的希望。

兩人同時一驚，轉身，黑暗的樹林中緩緩走出數條人影。

「東陶野，孤在此候你很久了。」皇雨的聲音很輕鬆，甚至帶著笑意，可黑夜中閃著光的眸子冷得令人心顫。

「你是？」東陶野看著夜色中那道挺拔從容的身影，手搭上了背上的長劍。

「孤是昀王皇雨。」皇雨很客氣地答道。

「昀王皇雨？」白琅華不由自主地抓緊了東陶野。

「正是孤，這位想來就是琅華公主了。」皇雨轉向琅華，「公主的舞真是美呢。」

「你……昀王，蕭將軍答應了……」白琅華急切地道。

「他答應可不是孤答應了。」皇雨打斷她，依然很客氣的，「公主現在是要回離芳閣還是要隨我們回帝都都可以，只要放開手走開就好了。」

「不。」白琅華想也不想地搖頭，側首看向東陶野，黑夜裡看不清臉，可是看得到他那雙閃亮的眸子，「我要和東大哥在一起。」

「如此，也算是英雄美人，真是可嘆又可惜。」皇雨很是遺憾地搖頭。

東陶野拔出長劍，將白琅華輕輕推向一邊，「等我。」

「好。」白琅華點頭。

皇雨目光看著東陶野，道：「東將軍當年一人盡敗華國三位公子，真是英雄了得，孤一直以未能與將軍一戰而遺憾。」他緩緩抽出長劍，「若孤今夜死了，你們便帶東將軍回帝都。」後一句卻是對那些屬下說的，獨戰東陶野是他對一代名將的尊重，也是他對自己本領的自信，但東陶野也非等閒之輩，想當年華國三位公子以數倍於他的兵力都被其盡斬於馬下，是以若有萬一，他決不能讓其生離，再生戰事擾亂皇朝的安寧，那時屬下則無須再有顧忌，自可一同而上，殺死東陶野。

「是。」那些人真的依言退開。

轟隆隆！天雷滾動，夜風更狂了，沙石飛走，樹木搖動，暴雨即將來臨。

拔劍相對的兩人卻一動也不動，劍尖微微垂下，眼睛一眨也不眨地盯住對手。

皇雨的那些屬下都很鎮定地站在遠處觀望，而白琅華此刻也很平靜地站在風中默默注視。

風一下停了，雷聲又靜靜歇了，那兩人依沒動，周圍彌漫著緊繃的氣息，一觸即有山崩地裂之危。

砰！山中忽然傳來一聲極清脆的碎裂聲，令靜默的諸人都是一震。

東陶野幾經生死危難鍛鍊出的沉穩在這一刻發揮了作用，他抓住皇雨剎那間閃神的機會行動了，但不是撲向他的對手皇雨，而是急速後退，長臂一伸，抱起白琅華，便沒入黑暗的山林中。

這一變故快若閃電，眾人回神，眼前已空。

皇雨笑了，「這倒是有些意思了，哈哈……好久沒有圍獵了，你們便隨孤去打獵吧。」話一落，他即閃身飛入山林，屬下也迅速跟上。

夜黑，山林中更黑，基本上眼睛無法視物，其中不知隱藏了多少危機，可白琅華這一刻卻一點也不害怕，甚至是高興的。

她知道，緊緊抓住她手的人本是一個戰士，是那種對等的戰鬥中便是戰死也不後退的勇士，可是他現在為著她，放棄了戰鬥，是為她，是為她白琅華！

黑暗中白琅華幸福地笑了，閉上眼，握緊東陶野的手，不停地往前奔，前方便是萬丈深淵她也心甘情願。

風又起，樹木沙沙，間或有斷枝喀嚓聲。

也不知奔出多久，身後驀有颯颯裂風之聲，隱約傳來一聲急呼：「皇雨！」

她腳下一個踉蹌撲在東陶野背上。

「琅華。」有些焦急地喚著。

「大哥……我腳歪了一下。」黑暗中白琅華喘息著。

「我背妳。」

「不……沒什麼事，我們快跑。」白琅華站直身子。

「嗯。」東陶野抓住掌中纖柔的手儘量托住她，再次前奔。這是他們唯一的機會，在這黑夜，這深山，這樹林，這狂風驚雷都在掩護他們，只要逃脫了便能活下來。

知覺似乎已離了身軀，唯一知道地是抓緊那雙手，腳下不停，眼前漸漸開闊，淡淡的光依稀可視。

「砰」的一聲，瓷罈摔碎的聲音在林中霍然響起，緊接著一個略帶悵意的聲音，「這一罈酒怎的如此少？」

「韓樸！」白琅華一聽這聲音全身忽有力了，她大聲呼喚著，「韓樸、韓樸！」

她不怕追兵了，那個人……那個人會救她們的，他一定會和他的姐姐一樣的！

「韓樸，我是琅華！韓樸！」

激動的、急切的呼喊聲在山林中蕩起迴響，又很快淹滅在風聲雷聲中。

「皇雨！」身後遠遠的也傳來呼喚。

白琅華顧不得了，一路奔一路高呼：「韓樸、韓樸！」

「好吵！」隨著一個懶懶的聲音，一道人影在樹梢上飛行而來，一手抱著酒罈，一手提著一盞燈，無論風如何狂捲，燈籠不搖不息。

「韓樸！」白琅華此刻見著他便如見著親人般激動，疾步向他奔去，都越過了東陶野。

「不要叫了，聲音真難聽。」韓樸將燈掛在樹上躍下來，皺著眉頭看白琅華。

那燈雖暗，卻已夠三人看清彼此。

「韓樸救我！」白琅華臉色煞白，可一雙眼卻閃著喜悅的亮光。

「琅華，妳中箭了！」東陶野的聲音有些抖，觸目驚心的是白琅華背上的長箭和那濕透衣裳的鮮血。

「總算追上了。」追了這麼久，皇雨的呼吸也不再平緩。

韓樸一看他手中的長弓，眼睛裡頓時冒起了火花，咬牙切齒地道：「我姐姐顧惜的人，你們竟敢傷！」當下拔劍而起，奪目的劍光霎時劃破夜的黑紗，凌厲雪芒刺向皇雨。

「皇……韓樸住手！」

追趕而來的蕭雪空一到，即被那勢不可擋的一劍刺得膽戰心驚，不及細思，飛身而上，長劍迅速拔出，橫空攔向韓樸的劍。

叮！劍在半空相交，發現銳利刺耳的響聲，驚醒了眾人，也令橫劍相交的人一驚。

一個心驚當年只會叫著「姐姐救命」的孩子此刻已可與他橫劍相對了，而另一則驚異於天下第二的自己竟無法一招制敵。

險險逃過一劫的皇雨此時方從那一劍中回過神來，不禁怒從心起，「韓樸，你知道你在幹什麼？」

「哼哼，我就看到你在幹壞事！」韓樸鼻孔裡哼了哼。

「韓樸，這事你不要管。」蕭雪空道。

「哼哼，」韓樸又哼了兩聲，「這事我管定了！」

「韓樸，你不要是非不分就亂幫忙。」皇雨被韓樸這幾聲「哼哼」哼得火氣更旺了些。

「誰說我是非不分了？」韓樸眼一翻，斜視皇雨，「首先，這位姑娘是我姐姐顧惜的人，憑這一點我就決不能讓你們傷她。第二，你們有八個人，而他們才兩個人，以多欺少，是你們錯！第三，他們一個是纖纖弱女，一個是重傷未越的傷者，你們是八個身強力壯、武藝高強的大男人，以強凌弱，是你們的錯！哼，我有說錯麼？」

「你！」皇雨氣得眼睛發紅。

「哼哼！我是，你非！」韓樸再哼兩聲，也不給人家答話的餘地，長劍一揚，便又揮向皇雨，「你們快走！」這後一句話卻是對白琅華他們說的。

「他……」東陶野還有些擔心韓樸，「而且妳的傷……」

「沒事。」白琅華打斷他，拉起他就跑，「傷不重。」

「你們不能走。」蕭雪空急追。

「你也別走。」韓樸的劍從皇雨面前轉了一個彎，拐向了蕭雪空。

「韓樸！」蕭雪空的喚聲已帶警告。

「你們都不許追！」韓樸一直抱在左手中的酒罈忽飛起，掌心內力一吐，那酒水便如密雨似的罩向那六名追出的屬下，那雨點打在身上竟如重石捶擊般的痛，「再走出一步，可別怪我不客氣！」五指一攏，那酒罈頓時四分五裂落下，掌心卻扣著六塊小瓷片。

那六人一時皆頓在那裡。

「韓樸，你再鬧，可別怪我不客氣！」皇雨是真的生氣了。

韓樸不說話，劍一下指向他，一下又指向蕭雪空，招招凌厲竟是毫不容情，而他們兩人卻頗多顧忌不敢下重手，反而受制被困。

「你們還不快追！」蕭雪空百忙中呵斥一聲，那六名屬下趕忙追出，可眼前人影一閃，韓樸卻撤劍攔了蕭、皇兩人擋在了他們面前。

「韓樸，這非兒戲！」蕭雪空冰冷的眸子也冒出了火光。

「我不會讓你們去追的，那是我姐姐曾經保護過的人。」韓樸的聲音很冷靜。

一道閃電劃過夜空，清晰照見了韓樸的臉。

轟隆！驚雷響起，那一刻卻似同時捶在八人的心頭。

嘩啦啦暴雨終於傾盆倒下，將呆立的八人淋個濕透，可那落下的雨水卻在少年身軀寸許之外如碰石壁般飛濺開去。

『劍氣！』八人心頭同時閃過這個念頭，『他年紀這麼輕，竟已練成劍氣！』

少年靜靜地站在那兒，單手揚劍，神情淡定，只一雙眸子閃著奪目的銳氣。

跑了多久，跑了多遠，已全然不知道，有樹枝劃破衣裳劃破肌膚，雨水早已將全身淋了個濕透，可全然顧不得了，背上的傷似乎消失了，已感覺不到疼痛，意識漸漸模糊，可腳下不停，本能地緊跟著東陶野的腳步，只為那緊握著她手的手。

前方終有了一絲亮光，是天亮了嗎？還是已跑出了山林？

「琅華，我們終於走出來了。」

『是嗎？太好了。』腳下一軟，再也無力支撐。

「琅華！」東陶野急忙一把扶住她。

「大哥，我……我只能走到這了……」白琅華的聲音低得幾乎淹沒在風雨聲中。

「我背妳。」東陶野一矮身抱起她就走。

「不……」白琅華手軟軟地推著他，「大哥，你走吧……你的陛下在淺碧山……不用擔心，他們……沒有害他……」

「琅華。」東陶野的聲音在風雨中依是那麼堅定有力，「無論生與死，我都不會放開妳的，今夜我才說的，一生護妳、寵妳，不離不棄！」

「哈哈……」白琅華輕輕地笑了，轉眼又喘息起來。

東陶野趕忙停步，四面環視，見前方隱約有一塊山石，忙抱她去那，可那山石卻無遮蓋，雨水依無情地澆灌而下。

白琅華掙扎下地，東陶野將她扶在懷中，靠著牆壁躬身遮掩著她，盡量讓她少淋些雨。

白琅華抓住他的手，緩緩道：「到此刻，我終於知道了。」一道閃電劃過，那蒼白的臉上浮著倦倦的自嘲的笑容，「無論是名將還是大俠，我白琅華……今生……都無此能……我原只合那……雕欄玉砌中受人養護……偏生我不服……若、若是……」

「琅華，妳不必做什麼名將大俠，妳有我保護，妳就做妳自己，一朵最美、最潔的琅玕花。」東陶野咬住牙，小心地擁住她，不敢碰她背上的那枝長箭，可他整個人都在發抖，彷彿難抵這雨水的冰涼。

黑暗中，那雙黯淡了的杏眸又閃現了微弱的亮光，眼前的人看不清五官，可她卻清楚地看到他的眼睛，那麼明亮，那麼堅定，那麼專注地看著她。

「原來……這便是我白琅華最後的結局。」她微微嘆息，卻帶著淡淡的滿足，「我喜歡……比起……無法確定的往後……我倒喜歡這個收梢……至少我現在十分確定……」她的頭輕輕倚向東陶野懷中，那雙暴雨中依然溫熱的大手正小心翼翼地摟抱住她，那卷被他視為性命的畫終於被拋棄了嗎？此刻定然滿是泥汙了吧？她心頭浮起喜悅，「大哥……我現在是不是在你心中是最重要的？」

「琅華，不只現在，還有以後，一直一直到我死的那一刻，妳都是我心中最重要的人。」東陶野將白琅華抱在懷裡，緊緊地抱住，心頭眼眶同時酸痛，虎目裡終究忍不住落下滾燙的淚珠，一滴滴落在白琅華的臉上，那熱度慢慢沁到她的心裡。

「那樣啊……我開心……死也是開心了……」白琅華歡欣地笑了，終於有一個這樣的人了。

「琅華，妳不要死，不要離開我，我以後一定會好好珍惜妳，珍惜妳勝過這世間的一切！琅華……這世間只有妳和我……只有妳和我……」東陶野咽喉被什麼堵住了，呼吸間都是撕裂的痛。

「大哥……」白琅華吃力地睜開眼睛，極力想看清面前的人，「我很開心……真的……很開心……雖然我沒有華純然的傾國美貌……沒有風惜雲的絕代才華……可我……有你……有你視我最重……就這……我就沒輸她們……我開心……大哥……」

「琅華、琅華……怪我，若不是我，妳就不會……」東陶野只覺有一千把刀在絞著五臟六腑，痛不欲生，卻只能無助地緊抱住懷中的人。

這一刻，他但盼蒼天開眼，這一刻，他願和魔鬼交易，不要奪走他這一生僅剩的一份溫情，不要奪走他懷中珍愛的女子！她是如此的美好，蒼天你怎忍心！

「大哥，你不要難過。」白琅華忽似有了力氣，伸出手來緊緊揪住東陶野胸前的衣襟，仿如緊握住那顆滾燙的、完全屬於她的心，「現在是我這一生中最開心的時候，比當年……比當年青王賜婚時還要開心……這些年來，我都在地獄裡……是大哥……大哥是來帶我走的……是在救我……我開心得很……」

「是的。」東陶野垂首貼近懷中的人兒，淚水混著雨水一起流，「我是來帶妳離開，我們要去天高海闊之地……」

「嗯，」白琅華偎近他，忽然一陣瑟縮，「冷……大哥……我很冷……抱緊我……」眼皮卻漸漸合上。

「琅華不冷的，我抱著妳呢。不會冷的……我帶妳去天高海闊之地，那裡四季溫暖……琅華……」東陶野緊緊抱住，似要融入骨血般地緊。

「嗯，不冷了。」白琅華雙眉展開，唇角勾起，一朵若琅玕花一樣無瑕美麗的笑，「陶野，我們要是早些相遇，我是公主……你是將軍……我們是英雄美人……也要是千古佳話……陶野，來生要早……」

轟！空中一聲巨響，雷霆怒滾，暴雨更急更猛了，傾了一天一地，泥水飛濺，雨霧迷濛，天地一片混沌中。

山石下，東陶野慢慢抬頭。

這一刻是天地最寧靜的一刻，他清晰地聽到琅華一遍一遍地在他耳邊訴說著，我們是英雄美人，我們是千古佳話……天地這一刻也是最明亮的一刻，他清楚地看到琅華美麗的面容，雪白的羅衣，雪白的臉，黛色的眉，嫣紅的唇，唇邊一朵甜美的笑，好像閃著光一般耀眼。

「琅華，妳是這世間最美、最好的姑娘，不論是華純然還是風惜雲，都比不上妳。」東陶野緩緩垂首，冰冷的唇印在那雪白雪冷的額頭，「琅華，妳是天上最純潔、最高貴的琅玕花，這汙濁的塵世怎配留妳。」

起身，抱起琅華，蹣跚前行，任那狂風暴雨。

「琅華，我帶妳走，那瑤臺天池才是妳的歸處。」

數天後，白州東查峰頂。

兩道人影佇立良久，最後其中一人似受不了那股沉默的氣氛，跳起腳來叫道：「雪人，你幹嘛這樣看著我？」

另一人依然沉默。

「我明明瞄準的是東陶野，她自己要替他擋的，怎能怪我！」那人很是惱火地道。

另一人還是沉默。

那人忽然不氣也不跳了，很冷酷地道：「在我眼中，皇兄第一，皇兄的江山第二，九霜第三，二哥、三哥和你們第四，其他的人誰死我也不傷心！」

另一個不知是被他這話所氣還是逗的，唇角終於動了，「我要把他們埋在這裡。」說完轉身看向那株高大的琅玕樹下緊緊相依的兩個人。

「你要埋就埋，難道我會阻你不成！」那人恨恨地道。

一個時辰後，那株琅玕樹下堆起了一座新墳，墳前無碑。

數月後，又有兩人登上了東查峰頂，已是寒冬臘月，卻正是琅玕結蕾之時，滿樹團得緊緊的、指頭大小的白色花蕾，如穹蓋似的籠罩著那座無碑墳墓。

墳前立著兩人，白衣如雪，黑衣如墨，寒風揚起衣袂，飄然似天外來客。

「想不到一去經年，歸來時卻是如斯情景。」白衣人幽幽嘆息。

「她不是妳的責任。」黑衣人淡然道。

「可我終未能護得住這朵世間唯一的琅玕花。」白衣人黯然傷懷。

「女人，妳護住的已經夠多了。」黑衣人挑起長眉，墨玉似的眸子幽沉沉地看不清情緒，「聽說韓樸那小子正滿天下地找妳。」

「樸兒嗎？」白衣人轉頭，黑髮在風中劃起一道長弧，「好些年沒見他了，都不知他現在長什麼樣了。」

「那小子麼……」黑衣人狹長的鳳目閃起詭魅，「說起來，這兩年我們不在，武林中可發生了一些變化。」側首看著白衣人，臉上浮起淡淡笑容，說不盡的雍容清雅，「既然江山給了皇朝，那我們就來做做這武林的帝王吧。」語氣雲淡風輕得仿如伸手摘下路旁一朵野花般的容易。

「你做你的，別拖累我。」白衣人毫不感興趣，揮揮手瀟灑離去，「我要去找我弟弟，然後我要去把黑目山的那窩土匪給滅了！」

「說的也是。」黑衣人點頭，「武林皇帝當然是我做，以後封妳個皇后吧。」

這話一出，白衣人腳下一頓，回轉身，清亮的眸子亮得有些過分，「要做也是我做女皇，你做皇夫！」

「要比嗎？」黑衣人長眉高高揚起。

「白風黑息可是叫了十多年了。」白衣人同樣挑起長眉，並笑得甚是張狂。

「那麼拭目以待。」

「走著瞧。」

東查峰頂的話無人聽到，可上天為這話作了見證。

第五章　天涯地角有盡時——韓樸篇

「快，別讓他跑了！快追上！」

「站住！韓少俠！你站住！」

夜幕下，一群人舉著火把，提著燈籠飛步追趕著前邊一道人影。

藉著朦朧的燈光可以看見，後面一群人皆作家丁護院裝扮的壯漢，前邊飛跑的卻是個年約十五、六歲的白衣少年，眉目俊秀，一臉的不耐煩又帶著兩分滿不在乎的隨意，施展著輕功快速地飛掠著。而身後追趕的人雖比不上他的功夫，卻也都是練家子，所以跑得也是飛快，一路遠遠墜落，又兼人多勢眾，追得氣勢洶洶。

就在這一群人你追我跑中，漆黑的夜色裡，忽然響起一道清冷的女音。

「哈哈，這可真有趣。」

前面飛掠的白衣少年腳下一頓，然後一臉驚疑的神色，側耳去聽，似乎是想知道方才是幻聽還是真的有人說話。

「幾年不見，你小子就這麼點出息？」女聲再次響起，帶著調侃與笑意。

白衣少年這次聽清了，頓時呆若木雞，竟不知道是要歡喜還是要憤怒，只是呆呆站著，目光望著前方。

幽暗的夜裡，前方忽然亮起了一片柔和明亮的燈光，幾丈外的地方停著一輛極大的馬車，馬車周身漆黑，在車簷前方掛了兩盞水晶宮燈，燈籠裡亮著的並非燭火，而是鴿蛋大小的夜明珠，光華閃爍，將周圍數丈內照得猶如白晝。

「他在這裡，追上了！」

「韓少俠！你別再跑了！」

那群護院追上來了，看到前方白衣少年的身影，頓時大喜，一個個圍了上去，手裡拿著繩索，顯然是想要綁了白衣少年。待走近時，看到那輛奇異的黑色馬車，頓也有些驚疑，一時面面相覷，猶豫著是不是先上前把人給綁了。

就在這時，馬車嘎吱一聲，車門打開了，走出一位女子，素衣如雪，髮如墨綢，額間一枚彎月玉飾，映著那清波泠泠的雙眸，仿如新月墜湖，襯得她清姿絕世，風華無雙，頓將那群護院看呆了。

那女子卻目光落在白衣少年身上，笑吟吟地看著他。

白衣少年看著那女子，看著看著，忽然「哇」的一聲大哭起來，此舉頓時驚得那些護院一個個張大了嘴，不知要如何反應了。他們可是知道這白衣少年的厲害的，可怎麼也沒想到他們眼中的絕代高手，竟然就這麼樣無緣無故地哭了，一時護院們也都傻了眼。

可白衣少年卻只是號啕大哭，像個走失了找不著家的孩子般，哭得又傷心又無助。

那女子卻只是靜靜看著他。

許久，白衣少年終於是止了哭聲，抬眸看向白衣女子，目光又是怨恨又是歡喜，神情又是委屈又是渴望，那真是複雜又糾結。

「樸兒，你怎麼還跟小時一樣愛哭啊。」女子輕聲嘆道。

這話一出，白衣少年再也繃不住了，飛身撲了過去，「姐姐！」

女子伸手，輕巧地接住了少年。

「姐姐！妳為什麼說話不算話？為什麼這麼久了都不來接我？」少年抱住了女子埋怨著。

這少年不是別人，正是韓樸，這女子自然就是江湖久已不見的風夕了。

「嗯……」風夕含糊了一下，「姐姐有點事耽擱了，這不一回來就馬上來找你了嗎？」

「真的？妳不是哄我？妳不是不想要我了？」

「當然是真的，姐姐怎麼會不要你了。」

「嗚嗚嗚……妳這麼久都沒來找我，害我以為……」

「乖，別哭了，姐姐才你這麼一個寶貝弟弟，怎麼會捨得呢。」

「妳這回可不許再拋下我了。」

「不會了，從今以後，姐姐在哪兒，你也就在哪兒。」

倆姐弟，一個百般撒嬌，一個百般撫慰，只將一旁的護院們看得滿臉抽搐。

這就是那樣武藝冠絕的韓少俠？他們一個個下巴都快要掉下來了。

安撫完韓樸後，風夕總算拔出時間理會眼前這群人了，「樸兒，這是怎麼回事？」

「什麼事都沒有。」韓樸哪肯說實話。

而那群護院這會兒回過神了，一聽韓樸的話，豈能答應，當下一名看似是首領的漢子上前幾步，「韓少俠，請跟我們回去。」

風夕目光掃一眼那護院首領，再轉向韓樸。

韓樸沉著臉不說話。

護院首領倒也直接，道：「韓少俠，成親的吉時不能耽誤，你要不肯走，那我們只好把你綁回去了。」

風夕一聽這話，頓時眉頭挑起老高，「樸兒，你定親了？」

「我才沒有！」韓樸連忙搖頭，「是他們強自為難人。」

「哦？」風夕看著他，尾音微微拖高了一個調。

護院首領卻不同意他的話，「韓少俠，你這話就不對了，我們哪裡是強自為難人，明明是你摘了繡球，自然就得和我們小姐成親。」

「我又不知道那是繡球。」韓樸嚷道。

「那就是繡球，我們柳家招親的事，這方圓百里內誰人不知，誰人不曉。」護院首領也有了火氣。

「我就不知，我就不曉。」韓樸一句話就推乾淨。

護院首領見勸說無果，手一揮，「把韓少俠請回去。」

那群護院頓時紛紛圍了上來，準備要綁人了。

「你們再強逼，可別怪我出手無情了。」韓樸也被惹出了火氣，特別是這事還被他敬為天人的姐姐撞上。

眼看著雙方就要動手了，風夕嘆了口氣，「樸兒，你給我把事情說清楚。」

她這話一出，韓樸立馬縮了縮腦袋，而那幫護院卻覺得有機可乘。他們不是姐弟嗎，這婚事或許只要姐姐點頭了，弟弟還不是得乖乖聽話。

護院首領馬上沖風夕抱拳行禮，道：「這位姑娘，您是韓少俠的姐姐，常言道長姐如母，這事您得做主了，可不能由著韓少俠這般任性行事。」

「哦？說說怎麼回事？」風夕先看了眼韓樸，才把目光轉向壯漢。

於是護院首領將事情細說了一番。

原來這群人是擷鎮柳家莊的護院，這柳家莊在方圓百里那也是頗有聲名的，柳家莊的主人柳老爺夫妻年過半百，膝下只一女，年方十六，生得才貌雙全，柳老爺夫妻愛若掌上明珠，捨不得女兒出嫁，想為招個女婿上門，只是周圍的適齡男子柳小姐全不中意，反是弄了個繡球掛在莊前的柱子上，說誰能摘了繡球就可以娶她。

那掛繡球的柱子，是柳小姐命石匠砌的，光禿禿的高達六丈，常人哪裡爬得上去，是以這繡球掛了都大半年了也沒人摘到，但今日韓樸路過柳家莊時，看到繡球，輕輕一躍，便摘下了，這不是天賜良緣嗎。

「韓少俠既摘了繡球，自然就要和我家小姐成親，這走到哪都是這個理，姑娘說是不是？」

「我都說過了，我根本不知道那是繡球，更不知道你們柳家招親！」韓樸怎麼肯同意，吼完了護院，立馬轉頭望著風夕，一臉的緊張，「姐姐，我是真不知道，我就過路時，看到那柱子上掛了個花籃很漂亮，一時好奇就取了，哪裡知道那是招親的繡球。」說起來，他才真是冤。

「哈哈哈哈……」風夕聽完這前因後果，卻是一頓大笑，「樸兒，你怎麼幹出這麼烏龍的事啊，小小年紀的，這不是惹風流債嘛。」

「姐姐！」韓樸惱羞成怒。

「這位姑娘……」聽著風夕這語氣，護院們心裡沒底了。

風夕卻不理他，只目光上下打量著韓樸，然後頗為欣慰地點頭，「唉，樸兒長大了啊，都可以娶媳婦了。」

「我才不要娶媳婦！」韓樸立時反駁，轉頭便又沖那些護院叫道，「我決不會和你們小姐成親的，你們快快回去，再糾纏不清，我就真的動手揍人了！」

「你這人敢做卻不敢當，我們還怕你不成！」護院們也惱了。

風夕嘆氣，轉身回了馬車，小孩子惹的事得自己解決。

眼見一言不合就要開打時，遠處忽傳來叫喚聲。

「你們別吵了，小姐來了！」

眾人齊齊轉頭望去，暗夜裡又有燈光飄來，過了會兒，便見一群男女僕從擁著一位十六、七歲的俏麗少女走來。

「小姐。」護院們忙迎了上去。

這少女顯然就是柳小姐了，她手中捧著一個十分精緻漂亮的花球，風夕看了才知道為何韓樸要說是花籃了。那花球是以細竹編成，形狀像半球形，周圍繞著許多竹描著七彩的花，遠遠看著，真的像花籃。

柳小姐一到，竟是誰人也不看，徑直往韓樸走去，將手中花球往他面前一送，冷冷道：

「掛回去！」

韓樸本來是打起了十二分的戒心，聽到這麼一句，倒是愣了下，那些護院更是一臉驚愕。

「又不是給你摘的，你多什麼手！」柳小姐滿臉好事被破壞的惱怒。

韓樸醒悟，頓時眉頭飛揚起來，「掛回去就沒事了？」

柳小姐皺皺眉頭，「要不是沒人跳得那麼高，誰耐煩來找你。」

她這話一落，護院們可有意見了，「小姐，老爺和夫人可不會同意的，韓少俠既摘了花球，他自然就是小姐的夫婿。」

柳小姐冷冷掃一眼護院們，然後目光盯著韓樸。

「樸兒，小姐的花球是在等人，你快掛回去。」馬車裡傳來風夕的聲音。

「好！」有了姐姐的吩咐，韓樸如奉綸音，「姐姐妳稍待片刻，我馬上就回。」話音一落，他人已飛身掠起，眨眼間便消失於黑夜中。

柳小姐看了一眼馬車，沒做聲，轉過身，在僕人們地擁護下回去了。

那些護院面面相覷了一會兒，然後追著小姐走了，反正柳老爺夫妻回頭有什麼責難也可以推到小姐頭上了。

一切歸於平靜後，馬車裡傳來一道風鳴玉叩似的優美嗓音，「一場鬧劇，妳這弟弟可真是長進了。」

「別急著笑話，我弟弟就是你弟弟。」風夕「哼」了一聲，又開了車門跳了下來。

等了不過兩刻鐘，韓樸便回來了，一見到馬車前的風夕，眼睛頓時亮了起來，臉上的焦灼也退了，「姐姐！」

兩個起縱便落在風夕身前，伸手便抱住了她。剛才他很怕回來時又見不到人，便是滿天下去尋找，卻是怎麼也找不到。他害怕那種恐慌，彷彿被遺棄了，世間就他一人。

風夕似乎知道他的感覺，伸手攬住他的肩膀抱了一下，才是放開他，「好了，我們回家去。」

韓樸一震，抬頭傻傻地看著風夕。

那樣的目光令風夕有些心痛，有些愧疚，「傻樸兒，你不和姐姐回去嗎？」

「我……我要去哪裡？」韓樸傻呆呆地問。

「回家，姐姐是來接你回家的。」風夕溫柔地看著他。

韓樸心頭一震，然後眼眶一熱，「哇」的一聲又哭了。

他以為他沒有家了，也沒有了親人，這一年他找她都找得快要絕望了，一時心頭的酸甜苦辣委屈傷心全都爆發了。

只不過韓樸這一回還沒哭幾聲，馬車裡忽然哇哇哇地響起一陣洪亮的嬰兒啼哭，把他的哭聲給嚇斷了。

他呆呆地忘了哭，愣愣地看著馬車。

車門開啟，走出一身墨衣的豐息，只是他的懷中抱了一個嬰兒，但就算抱了個嬰兒，那也不能損他半分的雍容高貴。

「他餓了。」豐息將懷中的嬰兒往風夕面前一送。

韓樸瞪大了眼睛，看看豐息，再看著他手中的嬰兒，然後轉回頭看著風夕。

風夕接過嬰兒，哄了幾聲，不哭了，捧到韓樸面前，「樸兒，這是你的小外甥，還沒取名，你要不要給他取名？」

「妳是不是生孩子去了，所以不來接我？」韓樸夢囈似的問著。

風夕語塞。發現懷著這孩子時，人在碧涯海中的島上，害喜嚴重，吃不了也睡不穩，人躺床上動不了，哪裡能坐船回來，只好等生下孩子，結果就過了約定的時間。

韓樸見她不說話，頓時再次哇地大哭起來，一邊哭一邊道：「難怪妳不來找我，原來妳有了孩子，所以妳不要我了！」

他一哭，嬰兒也哭起來了，頓時哭聲熱鬧，直驚得四野蟲鳴鳥飛。

「樸兒，誰說姐姐不要你了，這不一回來就來接你了。」

「可妳有孩子了。」

「有了孩子，你也還是我的弟弟啊。」

「妳還跟這隻壞狐狸成親了！」

「這……樸兒以後也會成親的啊。」

「我才不要成親！」

「臭小子話別說這麼滿。來，跟姐姐說說，喜歡什麼樣的女人，剛才那位柳小姐其實也不錯。」

「哼，我才不要那些又笨又醜的女人！」

「……」

「我要娶姐姐這樣的！」

「……」

「姐姐，妳休了這隻壞狐狸，嫁給我吧。」

「……」

「啊！壞狐狸想幹什麼？姐姐救命！」

馬車緩緩馳去，一路灑下啼哭、嚎叫、怒罵、吵鬧……以及滿足的歡喜笑聲。

第六章　千秋功業寂寞身——皇朝篇

冠蓋滿京華，斯人獨憔悴！
千秋萬歲名，寂寞身後事。

廣袤的草原此刻黃草折地，屍陳如山。
殘損的旗幟、斷缺的刀劍、染血的盔甲到處散落著，偶爾響起戰馬的哀鳴。
落日仿若血輪斜斜掛著，暈紅的光芒灑下，天與地都在一片緋紅中，分不清究竟是夕輝染紅草原，還是鮮血映染了天空。
「蒙成草原以後便是皇朝的馬場。」無邊無垠中，一騎佇立若山，平淡至極的語氣。
瞭望廣漠的原野，俯視足下征服的土地，卻已不再有熱血沸騰的興奮。
抬首，晚霞如錦。
將蒙成王國遼闊的草原納為自家的馬場，這樣狂妄的話語彷彿曾有前人說過，只是他卻已想不起來也不願再想當年是誰告訴他的。

九天之上，除了雲和落日，可還有他物？

「恭喜陛下！」身後有人恭敬地道。

「雪空，你是否也覺得朕就如世人所講好戰成性？」夕陽下，紫甲的帝王平靜地問道。

雪髮雪容的將軍想了一會兒，才道：「陛下為的是千秋功業。」

「千秋功業？」淡淡的似有些不置可否的語氣。

風拂過來，凜凜地帶著血腥味。

「千年之後，又有誰能知我皇朝？」似是疑問，又似是自問。

「皇朝壯闊的山河會記下陛下的豐功偉業，皇朝驍勇的鐵騎會萬世傳承陛下無敵天下的武功！」身後的將軍真誠地道。

在他的心中，他的陛下當是千古第一君！

「無敵天下？」輕輕嗤鼻，不以為意。

極目遙望，是無邊無際的疆土。

君臨天下，萬民臣服。

整個天地間，此刻唯予是主。可這一刻，卻是無邊無際的空虛與寂寞。

「雪空。」悠悠吟嘆，「無敵並不是幸事。」

揮手揚鞭，天地任我馳騁。

南丹臣服了，蕪射已從歷史中消失，采蜚也傾國拜倒了……再到而今這以彪悍著稱的蒙成王國，也敗於足下。

這麼多年，竟然沒有一個……竟連一個敵國都沒了。

這麼多年，在這廣闊的天地奔走，從東至西，從南至北，他只是想找一個對手，一個勢均力敵能暢快而戰的對手！

一個匹敵的對手。

一個可激起他鬥志的對手。

一個可令他熱血沸騰的對手。

一個與他對等的靈魂。

拔劍而起，他的對面站立一人，而非眼前，環視四宇，寂寂蒼穹……與足下無邊的疆土及萬千臣民。

誰曾想，自東旦之後，竟再無對手了！

至高至尊之處，無人可與比肩。

拔劍四顧，唯影相隨。

至高必至寒，至尊必至寂。

「雪空，無敵並非幸事。」輕輕地長長地嘆息。

這一句寂寥而惆悵的話，令皇朝大將軍蕭雪空紀念一生，也恐懼一生。

當那長長的嘆息還在草原回蕩時，天下無敵的皇帝卻從馬背上一頭栽倒。

「陛下！」蕭雪空大驚，遠處的臣將也驚呼著。

「快，快請蕭夫人！」有人急道。

《皇書．本紀．神武帝》記：

昔澤八年，帝征蒙成，大勝。宿疾發，幸大將蕭澗妻善醫，隨軍，救帝於危。

昔澤八年秋，皇朝大軍征蒙成凱旋，皇朝百姓欣喜之餘卻更憂心皇帝陛下的病情。這位陛下雖有些好戰，但不損百姓對他的愛戴，他們不會忘了是誰終結了亂世，締建而今這太平強大的新王朝。

「品玉，陛下怎樣了？」

「蕭夫人，陛下病情如何？」

君品玉才踏出宮門便被守候在外的人團團圍住。抬眼一看，暉王、昕王、昀王、秋九霜、皇朝六將及丈夫蕭雪空無不是緊緊盯著她，面對這麼多雙隱含焦灼與希冀的眼睛，饒是君品玉看慣生死，此刻卻也是默然垂首。

「難道皇兄……」皇雨一看君品玉神情不禁急了，「妳、妳不是活菩薩嗎？妳要……妳快給我治好皇兄！」他手一伸便緊扣住君品玉的手腕，那模樣似乎她不把兄長醫好，他便決不甘休。

「嘶！」君品玉痛得倒吸一口冷氣。

「皇雨，你抓痛她了！」離得最近的秋九霜一掌拍開丈夫的手，自己卻又緊緊抓住君品玉的手，「品玉，陛下……陛下沒事吧？」一貫英姿颯爽的霜羽將軍此刻卻也有些懦弱、有些自我欺瞞地望著她，就盼從她口中說出自己最想聽的答案。

君品玉張口，卻無法出聲，她斷人生死無數，可此刻心頭絞痛，無法出口。

一雙略帶涼意的手從人群中伸過，握住了她的手，令她渾身繃緊的神經一鬆。

「品玉。」蕭雪空觸及妻子冰涼入骨的手，頓時心頭一沉，冰眸霎時濺藍，再也無法啟口。

「妳說啊！」眾人催促。

君品玉抓緊丈夫的手，深吸一口氣，抬首看著西邊那一輪紅日，緩緩道：「日……要落了。」

皇雨直直地摔倒在地上，可他卻渾然不覺，牙關死咬，仇人般地恨恨盯著她。

秋九霜呆呆地看著她，似乎不明白她說了什麼。

暉王、昕王兩腿一軟倒靠在牆上，卻還是止不住瑟瑟發抖。

六將臉色慘白。

宮門前，頓時一片死寂。

旭日又升了。

皇宮內外卻依如夜般的沉鬱。

「陛下，該喝藥了。」

兩旁的宮女挑起床帳，華純然舀一勺試了試溫度，然後遞至皇朝嘴邊。

皇朝偏首想要避開，可看一眼華純然，終是張口吞了，然後伸手自己端過藥碗，一口氣喝光。

華純然接過藥碗遞上清水給他漱口，一旁的宮女捧了盆接著。

「妳們都下去。」皇朝吩咐道。

「是。」一時侍從退得乾淨。

「陛下有話要說嗎？」華純然在床沿坐下，看著她的夫君，當朝的皇帝陛下。叱吒風雲，臣民敬仰，並令敵國聞風喪膽的一代雄主，就算此刻病入膏肓，可一雙金眸依銳利如昔，光芒閃爍間依是霸氣傲然。

「皇后與朕成婚多久了？」皇朝看著眼前依舊容色絕豔的妻子。

「十年了，陛下。」華純然微微笑道，倒是奇怪他會問這個。

「原來這麼久了。」皇朝眼眸微瞇，似在回想什麼，淡淡勾起一抹笑紋，「皇后容顏依舊，令朕覺得似乎是昨日才娶到了天下第一的美人。」

「陛下取笑臣妾了。」華純然美眸流盼，嫵媚依然。

「朕娶到妳那是幸事。」皇朝伸手握住床沿邊的玉手，「只是卻委屈了妳。」

「臣妾能嫁陛下，那是前世修來的福氣。」華純然有些驚訝又有些驚喜地看著皇朝，這麼多年，他似乎從未說過這般溫柔的話，也從未曾有如此溫存的動作。

皇朝搖首，「朕知道的，這些年來，聚少離多，朕真的對不起妳。」

「陛下為的是家國，臣妾完全理解，陛下不要這樣說。」華純然回握住皇朝的手。

「朕已時日無多，再不說以後便沒有機會了。」皇朝淡然道。

「不會的！」華純然抓緊皇朝的手，「陛下萬壽無疆，臣妾不要聽陛下說這樣的話。」

「什麼萬壽無疆，那都是些哄人的話。」皇朝嗤笑，「朕雖然病了，可從沒糊塗過。」

「陛下……」華純然心頭一酸。

皇朝擺擺手，「皇后，朕已下旨，華氏一族全遷往敦城。」

敦城地處極北，荒涼蕪絕之地。

「臣妾已知。」華純然垂首。

「皇后可有話要說？」皇朝看著垂首的人。

「臣妾知道是陛下愛惜臣妾。」華純然抬首，面上略帶苦澀。天家的憐惘愛惜，也是如此的防備冷漠。

「妳雖明白，卻依舊難掩委屈。」皇朝明瞭。

「臣妾不敢。」華純然眼眸一垂。

「不敢？」皇朝笑，「卻實有之。」

「陛下……」華純然眼眶一酸。

「朕不怪妳。」皇朝看著她，燦亮的金眸洞若觀火。看著她鬆了一口氣，不禁有些嘆息道，「純然，妳若是一個平庸女子，朕也不必如此，華氏一族也不必受此番苦，偏妳如此聰慧……」

「陛下。」夫妻多年，這卻是他第一次喚她的名字，卻是在此等情況下，華純然心中酸甜苦辣皆有。

「妳既如此聰慧，當能真正明白朕之心意。」皇朝面容一整，聲音已帶肅殺。

「臣妾真的明白。陛下實出於愛護之心，臣妾也不想華氏一族有絲毫機會鑄成大錯。」華純然明眸直視皇朝，「臣妾決無絲毫怨怪之心，臣妾謹記陛下恩德。」

「妳明白便好了。」皇朝閉上眼，「等皇兒長大了，自會召回他們，那時……一切自然就好了。」

「陛下，歇一會兒吧。」華純然見他神色倦怠，起身想扶他躺下，臉上溫熱的觸感卻令她一怔。

「純然，妳還這麼年輕，這麼美……」皇朝睜眼，憐惜地撫著這張曾令天下英豪傾慕的絕美容顏，「朕卻要丟下妳走了，真是對不住啊。」

「陛下。」華純然眼眶一熱，淚珠終於忍不住滾落。

「別哭。」皇朝伸手摟住妻子，「以後三個皇兒便全交給妳了，會很辛苦的。不過純然這麼聰明能幹，朕很放心。」

「陛下！」華純然伏在皇朝肩頭失聲大哭。

這些日子來的擔驚害怕，這些日子來的辛勞憂苦，此刻終於得到了撫慰，霎時淚傾如雨。

這麼多年來，這是她第一次伏在他的肩頭痛哭。

這麼多年來，這是他第一次對她如此憐惜。

這麼多年來，這是他們夫妻第一次如此靠近。

這麼多年啊，為何要到這最後一刻……

「朕走後，皇雨他們會好好輔佐太子的。」皇朝撫著妻子的髮溫柔地道，「朕說過純然是個聰慧的女子，他們會尊重妳、聽取妳的意見。太子是國家的支柱，純然一定要好好教導。」

「陛下……臣妾知道……陛下……臣妾會的……」華純然哽咽著。

皇朝扶起妻子，擦乾她臉上的淚珠。

十年歲月，忽如走馬燈似的在腦中迴轉，那有限的朝夕相處，從未在意過的點點滴滴此刻卻鮮明起來。指下是美麗的容顏，難得的是這皮相下那顆聰慧玲瓏的心，這樣好的女子，這些年來，某些地方他實有些虧欠她。而往後的漫長歲月，她如此年輕美麗的生命卻註定了消耗於這重重深宮。

「純然。」皇朝輕輕喚一句。

「嗯。」華純然抬眸看他。

「這一生，朕君臨天下，妳母儀天下，史冊萬載留名，於妳我可謂得償所願，也了無遺憾。」皇朝金眸中銳光渙散，漸漸迷離，「得償所願，了無遺憾……卻終有些意難盡，不是嗎？」

華純然心頭一震，卻只輕輕應一聲，「陛下。」

「純然，我們去白湖吧。」皇朝金眸微閃，然後緩緩閉上，「我們去白湖……」

華純然將昏迷的皇朝摟入懷中，撫著他瘦削的面容，溫柔地道：「好，我陪你去。」

一滴淚落下，滴在皇朝閉合的眼眸上。

終有些「意難盡」嗎？

昔澤八年八月。

皇帝舊疾復發，皇后陪其往南州行宮休養，大將蕭澗攜夫人隨駕，暉王監國。

南州行宮可說是神武帝皇朝——這位被後世極其褒讚、論功業千古帝王中唯與威烈帝比肩的英主——這一生唯一一件令人費解置疑的奢侈之事。但不論當年朝臣如何反對，皇朝依舊下旨，在南州西境的這座平平無奇的荒山上耗鉅資費人工挖湖建宮。

湖，御旨賜名「白湖」。

行宮，御筆親題「白湖天宮」。

說來也是稀奇，那白湖挖成後竟是一處活泉，僅僅數日便湧出滿滿一湖清水，工匠再挖掘暗溝將多餘的湖水排出，卻又潤澤了山下農田，本是任性之為，到最後卻又成一善舉。

這南州行宮也不類其他皇家行宮的富貴華麗，依山勢而建，雖為人工，卻反似是天然的宮殿，簡樸的天工中又蘊著素雅大方。

今夜正是月中，皓月如玉，清輝映射。

「這是百年的老參，怎麼樣也要陛下喝一口進去。」君品玉將親自熬好的參湯小心地遞給華純然，一邊又細細叮囑了幾句。

「嗯。」華純然接過。這些日子來，華純然日夜侍於皇朝榻邊，從不假手他人，絕豔的容顏已有些枯萎。

「陛下。」輕聲喚著，榻中的人卻毫無反應，自那一日昏迷便不再有清醒，不過是賴君品玉的醫術及靈藥吊著一脈氣息。

低首自己先喝一口參湯，然後扶起皇朝哺進去，如此反復，半個時辰後，才將一碗參湯餵完。

拾起絲帕，為他拭去唇邊沾染的湯汁，看著那消瘦幾漸不成人形的容顏，心頭酸痛難當。

「好清的一湖水啊。」

驀然，一個清若風吟的聲音悠悠傳來，傳遍行宮內外。

華純然手一顫，呆住了。

榻中昏迷不醒的人一動，忽然奇蹟般地睜開雙目。

「陛下！」華純然驚喜地叫道。

「她來了。」那雙金眸此刻燦燦生輝。

「是的。」華純然嫣然一笑，扶他起身，為他著裝。

皇朝穩穩地踩在地上，然後捧起枕畔那以無瑕白玉雕成的蓮形玉盆，一步一步矯健地往外走去。

華純然含笑目送。

或在他心中，那人永遠是攬蓮湖畔踏花而歌、臨水而舞的蓮華天人。

行宮內外的侍衛雖被那突如其來的聲音驚起，但並未慌亂，依各就各位，只因宮門前的蕭將軍鎮定地揮手令他們退下。

依山一湖，月夜下波光粼粼，倒映著宮燈如火的行宮，仿如天庭瑤宮，那臨湖而立的白衣人便仿是天外來客，不沾塵埃。

一步一步接近了，這個身軀仿不似自己的，病痛全消，輕盈如御風而行。

素衣雪月，風華依舊。

清眸含笑，唇畔含識。

時空彷彿倒轉，依是荒山初遇的昔日。

「我依約而來。」

白衣迎展，黑髮飄搖，她彷彿是從夜空走下。

他看著她，然後彎腰，玉盆盛著滿滿清水，捧到她面前，看著她，「吾為卿舀清水一盆。」

她看著他，然後綻顏一笑，若夜曇初開，暗香浮動，纖手浸入盆中，掬一捧清水，淋灑臉上，「吾天涯歸來，當淨顏滌塵。」

水珠滾落，濯水的容顏更是清極。

他微笑，玉盆脫手，似一朵白蓮飄於湖面，「當年許諾，今日成真。」

她看著他，綻顏一笑，「君子一諾，貴比千金。」

話落，她轉身離去。

「風夕。」他脫口喚道。

她離去的背影一頓，回首。

「這些年……」他有無數的話，有無盡的意，卻只得吐出這三字。

「我知道。」她粲然一笑，清眸亮亮地看他一眼，飄然而去。

他目送那背影隱於夜空。

「陛下，回去吧。」不知何時，華純然已至身旁。

皇朝抬首，月色如銀，霜華瀉了一天一地。

「牽朕的馬來。」他忽然道。

華純然訝然，卻依舊喚侍衛牽來了他的駿馬。

皇朝撫著駿馬暗紅的鬃毛，翻身，穩穩落於馬背。

倨馬眺望，山下萬家燈火，遠處山巒層疊，江河滔滔。

這些都在他的腳下。

「我皇朝焉能如病夫卒於病榻！」他傲然一笑，豪氣飛揚。

揚鞭揮馬，駿馬嗚躍，身影屹如山嶽，然後飛起、落下。

「陛下！」無數人驚呼奔走。

「純然。」迷離中，他微微睜開眼，「如重來，一切當如是。我不悔！」

一切重來，他依會為荒山中那個張狂如風的女子動容，他依會在幽王都迎娶天下最美的公主，東旦對決時，他依會射出那絕情裂心斷念的一箭。

這是他的選擇，無論得到什麼，他不悔！

「皇朝，我也不悔的。」華純然抱緊懷中已安然而去的人。

她不悔當年落華宮中對那個黑衣黑髮的男子一見鍾情，不悔金華宮中點這個狂傲霸氣的男子為駙馬，也不悔這十年夫妻，數載寂寞。

昔澤八年八月二十五日戌時，一代雄主神武帝崩於南州行宮。

第七章 碧桃花下感流年——久容篇

桃花淺深處，似勻深淺妝。

春風助腸斷，吹落白衣裳。[3]

豐息悠然唸著，望著前方桃花樹下正在撿落花玩耍的白衣男童，臉上浮起溫柔的淺笑，「世間之花，千妍百媚，但論到『嬌俏』二字，卻獨有桃花堪當。」說完，側首看向身旁的風夕，卻見她神思恍然，怔怔看著前方的桃花樹出神。

「怎麼啦？」他伸手攬過愛妻，拉回她的神思。

風夕回首，望向他的目光裡依然帶著兩分愣怔，「沒什麼，只是忽然想起了故人。」

「哦？想起了哪位？」豐息挑眉。

哪位都好，就別是玉無緣。

「久容。」風夕聲如囈語，轉過頭，目光悵悵地望向桃花樹下。

豐息一頓，看著她，默然無語。

這會兒倒寧肯她想起的是玉無緣，也不願她想起修久容。

遠處的山坡上，青草如茵，粉桃如霞。

七歲的男童坐在樹下，拾撿落花，堆成花堆，風拂過，桃瓣繽紛，吹落在他白色的衣上，吹落在他墨色的鬢間，他拈花在手，展眉一笑，雋永清逸，如畫如詩。

「當年，我初見他時，他也這般大小，這般模樣。」風夕看著樹下的男童恍然一笑，目光裡，半是溫柔，半是追憶。

景炎十年，春。

青州王都效外，野桃數株，粉桃開遍，滿樹芳華，平添春色。

穿著麻衣的男童蜷臥在樹下睡著了，身旁放著竹簍，簍中堆著許些草藥。

遠處，白衣女孩隨意哼唱著小曲，輕快地走在小路上，她顯然是發現了桃花樹下的男童，於是蹦跳著跑了過來，看清了樹下的男童，頓時滿目驚異。

粉霞似的桃花樹下，酣睡的男童眉目如畫，肌膚勝雪，漂亮得像一尊通透無瑕的琉璃娃娃。

女孩蹲在樹下，目光灼灼地看著男童，越看越喜歡，越喜歡越捨不得移開眼，看著看著覺得腿有些累了，於是坐下繼續看，坐了會兒又躺下看，躺了會兒也有些睏意了，便挨著男童也睡了。

金色的陽光灑落，粉色的桃瓣在春風裡飄飛，樹下兩人沐著暖陽，披著桃花，酣夢正甜。

也不知過了多久，男童醒了，迷濛地睜開眼睛，眼前卻多出了一顆腦袋，他有些發懵，難道是在做夢？於是轉過腦袋，上方依舊是他睡前見著的桃樹，四周依舊是睡前熟悉的山坡，那麼……他沒有做夢。

如此一想，男童也就清醒了，轉回頭看著多出的那顆腦袋——雪白粉嫩的一張小臉，纖長烏黑的眉，高翹挺直的鼻，如桃花般的唇，顯然是個清靈美麗的女孩。

男童呆呆看了半晌，才想要起身，可一動就覺得腰間沉重，卻是女孩抱緊了他的腰。

男童看著女孩香甜的睡顏，想了想，捨不得叫醒她，於是悄悄伸手，想拉開女孩的手，可手才一碰到女孩，女孩卻驀然睜開了眼睛，眼神犀利，完全不似孩童。

男童看著那雙眼睛，有瞬間的怔呆，這麼清澈明亮的眼睛，讓他想起書上的一個詞——亮若星辰。

女孩看到他的一瞬間，眼中犀利的光芒收斂了，臉上綻出甜美的微笑，「你醒了啊。」

男童點頭。

女孩看著他呆愣愣的樣子，配著他秀美無倫的臉蛋，琉璃珠般淨澈的眼睛，只覺得他可愛極了，忍不住傾過頭，在男童臉上響亮地親了一下，「你真好看，做我的弟弟吧。」

男童的臉瞬間便燒了起來，雪白裡沁出紅暈，張開嘴，卻是一個字都吐不出。

女孩看著他的模樣，卻是越看越愛，「粉嫩嫩的，真像只桃子，讓我咬一口。」她說完便撲過去，在男童白裡透紅的臉蛋上輕輕咬了一口。

這一下，男童不只是臉發燒了，脖子也紅了，連耳尖上都滴血似的通紅，不像粉桃子，而像熟透了的水蜜桃了。

女孩看著，哪裡忍得住，又撲過去在他臉頰上重重親了一口，「跟我回家，做我弟弟吧。」說完了，又在另一邊臉頰上親了一口，然後就笑咪咪地看著他。

男童傻呆呆地張著口，茫然又驚愕地看著女孩。

「哈哈！真可愛。」女孩站起身，牽著男童的手將他也拉起來。

男童起身後，依舊有些不知所措。

女孩拈起他鬢髮上的一朵桃花，道：「我家裡女人很多，男人卻少，只有父親和哥哥，我看著你就喜歡，你做我的弟弟好不好？」

男童這會兒雖然臉上的紅雲還沒褪盡，但腦袋卻是清醒了，聽了這話搖搖頭，然後彎腰背起地上的竹簍，轉身便快步離去。他不知道要如何應對這個女孩。

女孩大失所望，難道是自己嚇著他了？眼見他離去，想這麼可愛合意的人卻是難得碰到的了，甚是不捨，於是跟在男童的身後，「你不要走啊，再想想啊，我做你的姐姐後，會照顧你的。你這簍子裡是草藥嗎？那以後我跟你一塊去採藥好不？你看我可以幫你採藥啊，做我弟弟吧？」

一路上，男童背著竹簍在前，一聲不吭地走著。女孩跟在後邊，絮絮叨叨，左右不離「做我的弟弟吧」，直到男童走到山坡下的村落裡的一處小院前，女孩才是收聲了。

籬笆圍著的小院前，男童回轉身，看著跟著身後的女孩，嘴唇動了動，好一會兒才終於是說話了，聲音細細的，卻非常清脆動聽：「我回家了，妳回去吧。」

跟了這一路，這是男童第一次開口，女孩頓時滿臉喜色，「原來你會說話啊，不但人好看，聲音也好聽啊。」

男童臉上又爬上了紅雲。

女孩看著男童的模樣，一邊感嘆著真是漂亮啊，一邊又道：「你怎麼這麼容易便紅臉呢？你是男孩還是女孩？你要是女孩，給我當妹妹也行。」

男童臉上的紅雲又重了幾分，看了女孩一眼，低下頭，沒有惱怒，倒似是為自己生得像個女孩而有些羞愧。

女孩驚嘆地看著，世上竟然有這樣的男孩兒，太可愛了。

「我叫風夕，你叫什麼名？」

男童沉默了片刻，才蚊子音似的答道：「我叫久容。」

「嗯，我記下了。」女孩鄭重點頭，「今天我先回去了，明天再來找你。」

風夕第二天果然又來了。

第三天也來了。

第四天也來了。

她天天都來找久容，久容去河邊洗衣時，她跟著；久容去地裡摘菜時，她跟著；久容去山上採藥時，她跟著；久容去買油鹽柴米時，她跟著。

她總有許多許多的話說，說她的哥哥很聰明能幹，說她家裡父親的女人太多，見一次就累去半條命；說她來的路上碰到了英姿颯爽的江湖客；說她買了栗子雞，留了一半分他吃；說她總有一天要去外面，看看地有多廣，天有多高……最後總少不了一句「做我的弟弟吧」。

久容不大說話，總是未語臉先紅，秀氣羞澀的模樣比女孩兒更甚，每每風夕看得，就忍不住想去咬一口，很想拐著他帶回家去。有時候，她自己也很費解，以她的身分，平日漂亮的孩子，無論男女那不知見過多少，可就是這個愛臉紅的男孩兒，她看著就格外的喜歡，格外親近。

當然她也不可能真的日日都來，只能是得空的時候，並且父親看得不緊的時候才能出來，有時候能連著幾日，有時候隔著半月、一月，更久的大半年也不見得能出來一趟，但無論是隔著多久，她從來沒有忘記過這座小院裡住著的男孩兒。

日升月落，花開花謝，流光倏忽間便轉過了三載。

又是一個桃開如霞的日子，風夕再一次站在小院前。

這三年裡，久容長高了許多，面貌秀美，不再像粉嫩的桃子，而像一株纖瘦的芝蘭。

她來向他道別，在她不懈的努力以及寫月哥哥地勸說下，父親終於答應了讓她出門遊歷。明天她將離開王都，獨自去闖蕩外面那廣闊的天地。

久容得知她要遠行，進了屋裡，一會兒便出來，手中一個小包裹，道是父親配製的一些藥丸，讓她帶上防身。

風夕接過包裹，道了謝，揮揮手，走了。

一年後，風夕回來了，再去看久容時，發現久容又長高了，已換下了麻衣，穿上了天青色的布袍，如一株挺秀的芝蘭立在籬笆前。

兩人久別重逢，自然是有一番歡喜，連著數日，風夕都來找久容，與他說著外面天地的那些人和事，眉眼爛漫，神采飛揚。

第七天，久容請風夕去家中坐坐。

風夕聞言滿臉驚異。她與久容相識已是數年，她來找久容的次數更是不計其數，但她從沒踏入過籬笆院內一步，久容也從未邀請她入內一次。自然，她也從周圍的鄰里那兒聽說過，久容姓修，母親早已亡故，父親是大夫，醫術很好，但為人孤僻，不大與人交往，除了替人看病外，等閒不會出門。

在風夕怔愣時，久容以為她不願意，微紅著臉道：「爹爹說想見見我的朋友。」

「好呀。」風夕哪會不同意，自是欣然點頭。

她隨著久容進了修家。

看到修父的第一眼時，她頗為驚訝。

修父非常的年輕，大約二十五、六的樣子，面貌非常的俊美，只是身體消瘦，面色蒼白，隱有病態，這令她想到寫月哥哥，頓時便對修父生了好感。

而修父看到風夕，眼中亦是升起訝色。

他的兒子內向羞澀，父子倆在家有時一天也說不上幾句話，可他卻多次聽到兒子提起一位愛笑愛說、愛玩愛跳的小姑娘，兒子提起時很開心，他聽得多了自然也生了好奇。雖則兒子如今年紀還小，但他家特殊，娶妻都是要尋訪許些年，只挑那心地潔淨、心思簡單的，所以他才想著見一見人，看其品性如何，也好決定是接納這位姑娘，還是讓兒子以後斷絕與小姑娘的來往。

「小姑娘姓什麼？」這是修父的第一句話，很突兀，甚至有些失禮。

風夕挑眉，沒在意，「姓風。」

聽到這個姓，修父心頭一跳，看著風夕的眼神便有些奇異。天下間姓風的很多，但在青州王都姓風的卻不多，最有名的也就那一家。

「姓風？」他喃喃重複，面上神色越發奇異。

「姓風。」風夕大方點頭。

修父沒有說話，而是伸手去拉風夕的手。

風夕自小習武，幾乎在修父伸手靠近的瞬間便要避開，只是目光看到一旁的久容，心中一動，便任由修父拉住了她的手，幾乎在指尖相觸的瞬間，她便覺得手腕上微微一疼，垂目，卻是修父的指甲在腕間劃出了一道細細血痕。

風夕這回皺眉了，不解地看向修父。

修父卻沒有看她，而是對久容道：「你帶小姑娘去擦點藥。」單純的久容只當父親不小心，忙領了風夕去隔壁房間。

風夕滿腹疑惑地跟了去。

他們離去後，修父抬手，舔了指尖的血染，霎時臉色一變，「原來……竟然真的是！」

他望著指尖上的血跡怔怔出神，直到久容與風夕回來，他才抬頭看去，看著風夕的眼神似喜似悲，「妳想要我的兒子當妳的弟弟？」

風夕想，大約是久容曾和他提過，於是點頭，笑道：「是啊，我喜歡久容，想要他當我的弟弟。」

「好。」修父應承，「你們以後就是姐弟了。」

這話一出，風夕與久容俱都一怔，雖則心中有些奇怪，卻都歡喜起來。

「叔叔放心，我會像親姐姐一樣愛護久容。」她笑得開懷。

「我……其實我也能保護妳。」他紅著臉小小聲地道。

那時候，他們是那樣承諾的。

二月春歸風雨天，碧桃花下感流年。
殘紅尚有三千樹，不及初開一朵鮮。[4]

風夕喃喃吟道，立在桃花樹下，仰頭看著風中紛紛飄落的桃花，恍然裡她又看見那個沐在桃花雨中，漂亮得不可思議的琉璃娃娃。

「娘，妳為什麼這麼喜歡桃花？爹爹最喜歡的可是蘭花。」白衣男童問她。

風夕低頭，看著兒子，沒有回答他的問題，而是道：「兒子，今日為你取名容，字容風。」

白衣男童眨眨眼睛，「那我以後不叫豐風（風豐）了？」他爹娘為著他到底姓豐還是姓風可是爭了好多年了，弄到現在他都沒有名字，爹娘總是豐風、風豐地叫著他。

風夕依舊沒有答兒子的問題，只是拈一朵桃花在手，「豐容，桃花很美，但第一次看到的桃花最美。」這些年，她看過的桃花很多，這一生她還將看到更多的桃花，但她看過的最美的桃花，是當年落在久容鬢間的那朵，是久容當年臥睡的那株。

「殘紅尚有三千樹，不及初開一朵鮮。」豐息優美的聲音傳來，「豐容，這便是你娘為何喜歡桃花的理由。」

風夕回首，望向緩緩踱步而來的豐息。

漫天芳華裡，兩人相視一笑。

落英山的悲歌終於消逝，從此後，自當是攜手淡看，「滿樹和嬌爛漫紅，萬枝丹彩灼春融[5]。」

3 引自元稹〈桃花〉。
4 引自袁枚〈題桃樹〉。
5 引自吳融〈桃花〉。

第八章　現代小劇場

A市的東邊有一座社區，占地兩百畝，裡面花園亭臺，小橋流水，假山池塘，修築得雅致非凡，讓人一入其內幾乎以為穿越時空，回到古代。

在占地如此之廣的社區裡卻只有一幢住樓，位於社區中心位置，樓高八層，遠看是一幢，近看卻是八座高樓，分八個方位聯結一體。社區名「東皇閣」，就如這幢有些奇怪的八角住樓一般，裡面住的都是一些對於A市普通民眾來說顯得很是神奇或神祕的人，只不過無論是神奇還是神祕，他們還都是人。

人嘛，總是離不開柴米油鹽醬醋茶這些平凡事物的，過的日子自然也挺平凡的，工作、吃飯、睡覺、玩樂，嗯……還有過節。

一、聖誕

聖誕這進口節日在當今的天朝頗為流行，於是乎，在「東皇閣」裡的住戶們也跟隨潮流過起了西洋節日。

七樓住戶之一的風夕風女俠，伸著玉足踢了踢倚在沙發上的老公豐息豐公子，說：「這西洋節日等同咱們的春節，所以我們也應該重視，要隆重地過。」

豐公子一手支頷，眼睛正看著電視裡的財經新聞。金融危機啊，世界形勢一片大好，正可讓他混水摸更多的魚。

豐公子聽了這話，他長眉微挑，鳳目斜睨妻子，「妳想怎麼過？」

風女俠眼珠一轉，笑咪咪地道：「聽說你這次又從皇朝眼皮子底下搶了一筆生意，想來是狠掙了一把。咱們鄰居久微不是開了家飯館叫『久羅山莊』嘛，鄰里間要互相幫助，咱們去光顧下他的生意，況且久微的廚藝……」她咽了咽口水，「再加上他那身段模樣，實在是稱得上『秀色可餐』，咱們去那裡吃飯，那是一次消費，雙重享受！」

豐公子目光閃了閃，端起茶几上的茶慢慢喝著，喝完了一派隨意地道：「久羅山莊的菜是不錯，只不過這麼冷的天我不想動，妳自己去吧。上次喬謹去蘇州出差帶回一瓶烏梅酒，我等會兒就用這酒隨便弄個『烏梅酒燜牛腩』吃著就算過節了。」

風女俠一聽這一年難得洗手做一回羹的人要做飯，頓時將秀色可餐的久微公子拋到一邊去了，很是溫柔賢慧地將豐公子從沙發上拉起來，「哎呀，你說什麼呢，我們是夫妻，哪有我去享受，讓你一人孤單過節的道理。來，快去做飯，我也不出去了，陪你將就著吃一頓烏梅酒燜牛腩，夫妻本就要同甘共苦嘛。」

「是麼？」豐公子長長的眼角微微上挑，「可是久羅山莊裡有秀色可餐，不去不可惜麼？」

「哈哈，玩笑、玩笑。」風女俠伸手摸摸豐公子那美玉似的臉頰，一派情深款款，「若論秀色，這天下哪有人能及得上我們家豐公子。」

「是麼？」豐公子墨眸裡流光若明若暗。

風女俠馬上心領神會，斷然道：「當然，便是上次一言橫掃聯合國的玉無緣玉公子也不及你的風采！」

「哦。」豐公子淡定地頷首，起身便步向廚房，「兩個人的話，要不再添個『玉麟香腰』？」

「好啊、好啊！」風女俠極為狗腿地取來圍裙親自替他圍上，「別弄髒了衣服，這件亞曼尼羊毛衫你穿著比模特兒更好看。再加個『茄汁鱸魚片』吧？」

「嗯。」豐公子受用地彈了彈潔白如雪的圍裙，「再來個『西施豆腐羹』就差不多夠吃了。」

「嗯嗯。」風女俠眉開眼笑。

「砰」的一聲，樓下忽然傳來巨響，震得兩人心肝兒都晃了晃。

「明華嚴，你竟敢燒了本少的微波爐！本少毒死你！」樓下一聲暴喝響徹整座社區。

「年輕人就是中氣十足啊。」風女俠搖頭感嘆。

看著眼前就算是繫著卡通圍裙依舊雍容清貴的豐公子，不由得心裡大為欣慰——自家這位可是出得廳堂入得廚房、內外兼修的優質男人，比起樓下那個金玉其外、敗絮其中的明二……哈哈哈！

蘭殘音、明華嚴分別是六樓的住戶之一，也都是「蘭因高中」的高才生。兩人出身豪門，才貌雙全，彼此間的關係亦敵亦友，各自擁有龐大的粉絲團。蘭殘音雖身為女生，但一貫愛著男生校服，常自稱「本少」，於是按其家族排行，人稱「蘭七少」；而作為她老對手的明華嚴家族排行為二，同學皆送雅稱「明二公子」以示兩人旗鼓相當，又因兩人各自不同的風姿，粉絲私底下各送兩人一個外號，明二號「謫仙」，蘭七號「碧妖」。

過耶誕節嘛，學校裡本是有活動的，只是可憐作為風雲人物的兩人只要是校園活動必然要慘遭粉絲圍剿，高中三年血淚斑斑的經歷讓兩人這天都宅在家裡，不敢出門。只不過到了下午，陸陸續續有電話進來，然後兩人輪番下樓，回來時，手中都會抱著一堆禮物，從毛衣、圍巾、手套、玩偶到愛心便當、點心、糖果等，應有盡有。

「抱過來比一比，看誰的多！」蘭七站在門前沖明二勾勾下巴。

明二當然不怕，抱著禮物進了蘭七家。

客廳裡，兩人的禮物各自堆了一堆，看起來似乎難分勝負，彼此瞅一眼，然後不無酸意地說一句：「不錯啊，很可觀。」

到了晚上，送禮物的人都狂歡或約會去了，收禮物的兩人攤在客廳裡看著無聊的電視。後來放煙火了，兩人便移駕落地窗前，看著半空中綻放的絢麗花朵。

「轉瞬即逝的總是格外美麗。」蘭七感嘆一聲，就在窗前席地坐下。

明二也在窗前坐下，「少無病呻吟了，不是說瞬間即是永恆麼。」

兩人背對背坐著，隔著一尺距離。

片刻後，蘭七將背往後撞了撞明二，「過節你怎麼沒回家去過？」

背與背相觸時，兩人都感覺到一剎的溫暖。

明二沉默片刻才道：「連春節都是各過各的，更何況這種節日。」頓了頓，問道：「妳呢？」

蘭七卻只是「哼」了一聲，沒有回答。但相同的出身，彼此都明白，是以也就不再多話。

兩人靜靜坐著，側首看著窗外，煙火依舊時不時綻放，霓虹燈閃耀著華麗的七彩光芒，無比的輝煌熱鬧。

不知什麼時候，兩人的背靠在一起，一陣暖意從背上傳來，慢慢地暖著心肺，於是繼續靠著，頭側得累時，便往後仰著，倚在了對方的肩上，那姿態，仿如交頸。

也不知坐了多久，蘭七用頭敲了敲明二的肩膀，「餓了。」

「出去吃？」明二問。

「人山人海。」蘭七說。

「那妳做吧。」明二道。

「不想動。」蘭七答。

於是兩人都轉頭看向客廳裡的那堆禮物。

「去挑幾樣加熱一下。」蘭七推了推明二。

明二起身，在自己那堆禮物裡揀了幾袋，又順手在蘭七那堆禮物裡挑了幾包，一起拿到廚房。把東西往流理臺上一放，從一個包裝袋裡滾出兩顆水煮雞蛋，上面各畫了一個Q版的男裝七少，那邪魅的神態維妙維肖。

明二決定就吃這兩顆雞蛋，於是放進了微波爐，看微波爐裡偌大空間只放了兩顆雞蛋實有些浪費，又順手拿過一個紙包，一看是幾隻炸得金黃的雞翅，連包裝一起放進微波爐裡，想著大冬天的，吃熱熱的才香，所以直接按了微波火力「10」。

乾等著不如煮壺咖啡。明二雖然家務、廚藝方面的技巧為零，但煮咖啡的水準卻是一流高手的境界。想著兩人等會兒一邊吃東西，一邊啜著香香濃濃的咖啡，就著窗外的煙火勝花，既有節日氣氛，又有情調。

情調……想著客廳裡的那個人，想著這兩字用在他們之間，明二唇邊溢出一絲淺笑，決定煮她喜歡的卡布奇諾。

當那嗞嗞嗞的聲響逐漸變大，緊接著一聲「砰」的巨響發出時，明二被震得閃了神，半天都沒反應過來。

客廳裡的蘭七聽到聲響，馬上竄進廚房。

「明華嚴，你竟敢燒了本少的微波爐！本少毒死你！」

在她暴喝的同時，已飛快地切斷電源，打開微波爐並熄滅火，將垃圾丟入垃圾筒裡，動作一氣呵成。

「怎麼會起火？」明二很不解，「是微波爐有問題？」

蘭七猛然轉頭，磨著尖牙，「帶殼的蛋放進微波爐加熱會爆炸你不知道？油炸食物高溫加熱會起火你不知道？」

「不知道。」明二答得很乾脆，「妳又沒說過。」

「我沒說過……我沒說過！」七少火山爆發，伸指戳著二公子的腦門，「這是常識，你這白癡！什麼優等生，什麼第一名，什麼五十年難得一見的全才，根本就是廢柴一根！」

叮鈴鈴！

客廳裡的電話挽救了二公子。

是樓上的皇朝夫婦打來的，邀請去他們家一起過耶誕節。

放下電話，蘭七已轉怒為笑。

「去他們家過聖誕，肯定魚翅有得吃，鮑魚也有得吃！」

皇朝與華純然的婚姻一直是城中佳話，被譽為天作之合。

這天兩人在久羅山莊的包廂裡吃了一頓五星級聖誕餐，其間兩人互贈聖誕禮物。皇朝贈給華純然的是一條卡地亞項鍊，燈光下鑽光閃閃耀比星辰，而華純然贈皇朝的是一枚白玉質地鑲金珀的領夾，往領帶上一夾，襯得皇朝那雙金褐色的眸子更為燦亮。

兩人接過禮物時彼此獻上親吻，席間亦是互相夾菜敬酒，夫妻恩愛，令一旁的服務人員看著讚嘆不已，確實是郎才女貌，一對璧人。

吃過晚餐後，兩人駕車回家，燈火輝煌後回到寬敞寂靜的家中覺得有些冷清，長夜漫漫，可以再安排節目。

「把鄰居們都叫來一起過節吧。」華純然提議。

「好。」皇朝點頭，「前些日子皇雨不是送了一些雞翅嗎？不如來個燒烤聚會，讓大家自己動手，更有意思。」

於是夫妻倆先打電話叫來家政服務公司的人員做準備，待準備得差不多了，便分別打電話把鄰居們都叫來。

中國人對這西洋節日果然還不那麼重視，許多人都閒在家呢，接電話後都一口應承。最先到的是皇雨與秋九霜夫婦，進了門直接往皇朝的書房去，說是先玩玩遊戲，等人齊了再叫他們。

接著上門的是蘭七和明二。

一進門，蘭七便嚷道：「餓死了！有吃的沒？」說完就直奔長桌上的吃食而去。

身後跟著的明二公子溫文一笑，解釋道：「家中微波爐壞了，還沒吃晚餐。」

華純然回以理解的微笑，「那邊備了許多點心、果汁，先填填肚子，等人齊了再吃燒烤。」

明二公子步態從容地走向長桌。

門鈴再響，這次是風夕與豐息。

「純然，幾天沒見，妳越發美豔動人了。」風夕一見華純然便先來了個大擁抱。

「妳也更見精神。」華純然嬌笑回擁。

「歡迎，自便。」皇朝與豐息點頭握手。

他們兩人工作上是死對頭，爭合約、爭客戶、爭資源、爭員工……經常爭個你死我活，但並不妨礙他們下班後坐下來一起喝杯茶，聊幾句私房話。

門剛合上，鈴聲又響，這次到的是歌壇天后鳳棲梧小姐，她到了先與豐息夫婦打聲招呼，然後便尋了個沙發閉目養神。

當年她初出道時，曾得豐息襄助，由恩生愛，那時豐公子雖未婚，但心中有個風夕，鳳姑娘任是情深，也不及他們中學時便開始的孽緣，於是黯然退出，甘當朋友。這些年下來，鳳姑娘已是如日中天的天后，與豐息夫婦亦成知己好友，但凡豐息公司有什麼活動，只需開個口，鳳姑娘隨叫隨到。

接著是蕭雪空、君品玉夫婦到了，君品玉已身懷六甲，所以進門後蕭雪空便扶著妻子坐到最大、最舒服的那張沙發上，端果汁、遞水果，很有二十四孝老公的風範。

叮咚，門鈴又響，這次進來的是韓樸，自從十歲那年成了孤兒，他一直由風夕助養，如今已是俊俏高挑的高一學生。

韓樸一進門便直撲風夕，「姐姐，我好想妳，妳都不來看我。」

「樸兒，你又長高了。」風夕抬手摸摸韓樸的頭。她疼這孩子如親弟弟。

門還沒關上，又進來兩個少年，是宇文洛和寧朗。他倆一進來，宇文洛馬上坐到了鳳棲梧身邊，準備挖掘娛樂圈的八卦，寧朗則是眼睛看著蘭七，腳下不由自主地走了過去。

隨後到的是風辰雪，身後不出意料地跟著秋意亭、秋意遙兄弟。屋子裡已有數個美人，蘭七的美是妖異邪美，讓人心驚肉跳，又愛又怕；風夕的美是瀟灑秀逸，讓人賞心悅目，驚喜連連；華純然的美是華美雍容，讓人滿目驚豔，讚嘆不已；鳳棲梧的美是豔姿冷韻，讓人不敢靠近又心生憐愛；而風辰雪的美——是清到極致亦靜到極至，讓人入目的一剎便能心靜神寧。金像獎影帝燕雲孫見過她後，曾經說過一句有的人認為肉麻、有的人認為經典的話：「看到她，我洗滌了靈魂。」

風辰雪一進門，風夕便看到了，揚手招呼，「辰雪，這邊來。」

風辰雪沖她微微一笑，目光掃過她身邊悠然自得的豐息與怒目橫視的韓樸，決定遠離危險的火山，走到靠近陽臺的一張單人沙發上坐下，而秋氏兄弟一個取來果汁，一個端來點心，一左一右坐在沙發兩邊的扶手上。

風辰雪不時地與秋意亭傾談幾句，透著一股親密，而與秋意遙卻幾乎沒有交談，但秋意遙偶爾與風辰雪相視一眼，交換個微笑，詮釋著什麼叫心領神會、什麼是心有靈犀。

他們三人青梅竹馬，都是「天霜大學」的大二生，皇朝已數次與秋氏兄弟接觸，欲招攬兩人入他的皇氏集團工作，而風辰雪則是風夕的旅遊公司形象代言人。

兩位風姑娘都喜歡旅遊，在某次旅途中相識，風夕便請她為公司拍了一則廣告。風辰雪的身世頗為玄妙，一直想擺脫家族的束縛自力更生，是以欣然答應。這則廣告為她帶來了極為可觀的收入，亦為風夕的公司帶來了巨大的利益，兩人合作甚為愉快，已經敲定了風辰雪畢業後去「風行旅遊公司」工作的事。

陸陸續續地又來了些客人，被譽為東皇閣最有男人味的健身房老闆燕瀛洲，容貌俊秀、內向害羞的名模特修久容，有「公主」稱號的芭蕾新星白琅華……

皇朝看著滿廳的客人，總覺得少了點什麼。左瞧瞧、右看看……哦，是了！他趕忙掏出電話，「喂，無緣，你在哪兒呢，還在瑞士嗎？你回來了？那快來我家，我們在開燒烤大會呢。沒，就是些鄰居，你都認識的。好。」

不一會兒，玉無緣外交官到了。

「無緣，你回來了啊！早上還在電視上看到你。」風夕一見他進來便歡喜地迎上前去。

「下午到的，妳最近好嗎？」玉無緣溫柔地與她相擁。

「老樣子。倒是你經常飛來飛去的，要注意安全。」擁抱過後，風夕的手依舊落在玉無緣的胳膊上。

「歡迎回來。」豐息伸手與玉無緣相握，順便隔開了風夕。

當年還是豆蔻少女的風夕非常仰慕玉無緣，這種仰慕十數年如一日，至今未變。豐公子面上從未表露過，但心裡有沒有打翻過醋瓶那就只有他與明眼人才知道了。

看看人都到得差不多了，皇朝大手一揮，「自助燒烤大餐開始。」

大夥兒移駕到客廳中央，那裡早有家政服務公司的人員鋪上了防火毯，架起了燒烤架，備好了食材與調料。

因久羅山莊今日客多，久微不能脫身，於是在他不在場的情況下，豐息輕而易舉地奪得了燒烤大餐的第一名，很快便烤好了兩隻雞翅，遞給了身邊等待已久的風夕。

「好香呀！」風夕接過，一隻立即往嘴裡塞，一隻遞給身旁的玉無緣，「無緣，這隻給你。」

玉公子含笑接過。

豐公子沒有任何不滿，神色自若地繼續烤雞翅，只是第三隻烤好時，遞給了他對面的鳳棲梧。

風夕彷若沒有看見，用力地嚼著雞翅的骨頭。

韓樸看見了，快速地翻動著手中的兩隻雞翅，然後遞給風夕一隻，「姐姐，這一對我們一人一隻。」

「好，還是樸兒乖。」風夕接過順手摸了下韓樸的腦袋。

「姐姐，我有身分證了，已經是大人了。」韓樸眼睛亮晶晶地看著她，裡面藏有無數的潛臺詞。奈何風夕已低頭啃雞翅去了，沒注意聽。

秋氏兄弟各自烤好了一隻雞翅遞給風辰雪，風辰雪道了聲謝，兩隻都接過來，然後兄弟倆繼續烤。

「意遙，給你。」

「大哥，給你。」

兩人這次都遞給對方一隻雞翅，然後各自微笑接過，那兄友弟恭的模樣令皇雨連連看了皇朝幾眼。

皇朝手中有一隻雞翅，生的。

華純然手中也有一隻雞翅，生的。

夫妻兩人的目光都盯著燕瀛洲，燕老闆手中四隻雞翅一齊烤，眼見兩面焦黃、香味四溢，於是夫妻兩同時伸出雙手，「瀛洲，我幫你拿。」一手接過來燕教練手中熟了的雞翅，一手遞過去各自手中生的雞翅。

燕老闆只是一笑，放開手，接過了生雞翅。

蘭七手中還抓著一塊蛋糕，寧朗與明二都烤好了一隻雞翅，同時遞到了蘭七面前，不同的是寧朗的那隻金黃冒香，明二的那隻一面焦黑、一面還是生的。自然，蘭七接過的是寧朗那隻，明二則是神色淡定地將雞翅放回烤架上，將生的那面也烤得焦黑。

對面風夕看到了，關心地提醒道：「燒焦了的東西吃了會得癌症的。」

明二停手，抬頭沖著風夕溫雅一笑。

「幸好你連烤雞翅都不會。」風夕瞅著明二的笑臉道，「否則我會要懷疑你是這傢伙在外面的私生子。」她側首睨一眼豐息，「這笑容太像了。」

華純然聽了，轉頭看了看明二，又看了看豐息，道：「不像，這氣質我看著倒是很像無緣。」

「嗯，我也覺得二公子形貌氣質更接近無緣。」旁邊的鳳棲梧亦讚同。

「怎麼會。」皇朝卻不同意，他自學生時代起便對玉無緣很是敬仰，創業時期又曾得玉無緣大力相助，對他敬若師友，自然是維護到底，「他不及無緣百分之一。」

明二公子臉上的笑容已有些僵了。

「不像才好，要真像了那都不像人了。」身旁的蘭七將他手中的黑雞翅抽過去放在一邊，「這種東西還吃，你想害本少半夜起來送你上醫院是吧。」說著將手中烤得金黃噴香的雞翅往他手裡一遞，「吃這個。」

於是乎，二公子側首看著蘭七溫柔一笑。

自始至終，玉外交官只是微笑、大度地站在一旁，品著一杯紅酒，就著手中雞翅。

而君品玉看了二公子那側首一笑，不禁讚嘆，「這一笑足可入畫呀。」

秋九霜聽了，道：「品玉，要論入畫，妳旁邊那個才是真的眉目如畫，妳應該多看看那個，保證妳到時生出的是個絕色美人。」她格外加重了「美人」兩字。

蕭雪空聽了，趕緊拉過妻子，「別看那邊，不然生出個男人婆就慘了。」

秋九霜大怒，「皇雨，把火加大點，我就不信化不了雪人！」

皇雨左看看、右看看，一邊是衣服，一邊是手足，衡量了一下，大冬天的衣服比較重要，於是將手中咬了一半的雞翅遞到妻子手中，「別看那邊，免得以後生個白頭翁。」

「哈哈哈！」風夕笑了，看著蕭雪空的眼睛漸漸變藍，「雪空，你到我這邊來，我不介意以後生個銀髮藍眼的美人。」

「我介意。」耳邊傳來豐息冷幽幽的聲音。

「呵呵。」風夕乾笑兩聲，「無緣，上次你在聯合國的發言我很感興趣，來來來，我們這邊聊。」她起身扯起玉無緣到旁邊聊天去了。

「好多資料啊。」作為以新聞系為目標的宇文洛早練就眼觀四面、耳聽八方的能力，一邊吃著寧朗烤的雞翅，一邊與身旁的芭蕾明星白琅華交談，當然一雙手也不閒著，一手拿著雞翅，一手飛快地在小本上速記著。

寧朗一直沉默地烤著雞翅，一雙眼睛時不時觀察一下蘭七，只要見她手中空了，趕忙把自己手中烤好的雞翅遞上，看她吃了四、五個雞翅，擔心她會口渴，起身為她倒果汁。

果汁來了，明二公子卻一手接過，「口乾，我先喝了，回頭再倒給妳。」一口氣喝完，果然起身去倒了杯蘭七最愛的柳橙汁，也許二公子最近節儉過頭，也不知道要換個杯子。

寧朗默默地沒有說話，默默地繼續烤雞翅，冷不妨地，蘭七卻遞了一隻雞翅到他嘴邊，「看你都沒空吃，來，快吃。」於是乎，兩手不得空的寧朗紅著一張臉咬了一口嘴邊的雞翅，只覺得香酥無比。一旁的明二公子目不斜視，專注於手中已有些冒煙的雞翅。

「久容，你看他也跟你一樣喜歡臉紅呢。」對面的白琅華瞅著寧朗的紅臉，便與修久容悄悄道。

這句話頓時讓修久容玉面紅得好似三月桃花，俏綽如霞，「我……我去找風總談談後天的活動。」一邊說著便起身往風夕那邊走去，然後眾人便看到滿臉緋紅的修公子滿眼仰慕地聆聽風夕總裁的講話。

叮鈴鈴！門鈴又響了，離門近的玉無緣便去開門。

「Hello everybody，Merry Christmas！」

來人高大俊朗，有一雙不遜於皇雨的桃花眼，乃是趕了數個場子、總算溜出來了的影壇巨星燕雲孫。

「快來，雞翅都要被我們吃完了。」皇雨一向跟燕雲孫要好，趕忙招呼。

「不急，讓我先跟美人們打個招呼。」燕雲孫風度翩翩地走到風夕面前，「女王陛下，微臣又見到您了，十分榮幸。」

風夕十年前曾遊戲性地拍過一部叫《且試天下》的電影，並在裡面演一位女王，那時候還是青蔥少年的燕雲孫還只是個龍套，是她十萬鐵騎中的一員。

「雲孫呀，昨日看了你的電影，配戲的竟是秋橫波、花扶疏兩大美人，你的豔福可不淺。」風夕笑咪咪地看著他。

「那都只是工作，微臣對女王陛下您的衷心日月可鑑。」他一邊彎下腰，一邊牽起她的手就要來個吻手禮，不想吻在一隻雞翅上。

燕雲孫抬頭，對上豐公子雍容淺笑的俊臉，「剛烤好的，趁熱吃吧。」說完，豐公子一攬風夕的腰，「我們跳舞吧。」

舒緩浪漫的音樂已響起，是玉公子開門後順手放的。

「我們也跳舞吧。」白琅華拉起了修久容。

燕雲孫淡定地舉著雞翅，依舊風度翩翩地向各位打著招呼。

「純然，聖誕快樂。」燕雲孫與華純然成功地來了個貼面吻，皇朝那刻正與玉無緣談金融危機對他公司的影響。

「棲梧，聖誕快樂。」接著握到了冷美人鳳棲梧的纖纖玉手。

「七少，再見妳風采依舊，改日我們一起去喝酒。」伸手要來個擁抱時，明二公子眼風隨意地掃了一下，燕影帝馬上改擁抱為哥兒倆好地拍拍蘭七的肩膀。

「品玉，妳是世界上最美麗的醫生，也是世界上最美麗的孕婦。」

「九霜，妳還是那樣的英姿颯爽啊。員警若都如妳這般，世間肯定會更多的犯人自動自發地走進警局的。」

一番招呼打完，燕雲孫最後來到了風辰雪面前，半屈膝，一手搭在前胸，十足的歐洲宮庭禮節，「我的公主，能請妳跳支舞嗎？」

話音一落，一曲已盡，音樂止了，然後大家都舉著雞翅看著半跪著的燕影帝。

「哈哈哈……」

笑聲中，音樂再起，是一曲〈昨日重現〉，於是客廳又安靜下來。

帶著淡淡憂傷的音樂中，風夕與玉無緣的目光遠遠相遇，然後一笑移開。

沒有人跳舞，都靜靜地聽著這首歌，大家的目光都在空中相遇，然後分開，空氣中浮動著一種微妙的氣息，似酸還甜。

遠處傳來鐘聲，聖誕夜已過。

二、元旦

又是一年新來到，本人為大家直播「東皇閣」住戶們的元旦日。

住七〇二房的外交官玉無緣

從五日前開始，玉外交官便在某國出席某個冗長而無效的世界環境會議，元旦這日便是大會的結束日。

下午兩點大會結束，媒體們紛湧而至，在眾多禿頭肥腰的各國政要中，無疑玉樹臨風、鶴立雞群的玉外交官一出大門便被記者團團圍住，尤以女記者最多、挨得最近。

一番轟炸後，某記者問其有何新年願望，已幾日不曾好好休息的玉外交官綻出疲倦卻依舊溫雅親切的微笑：「願世界和平。」

住三〇一房的芭蕾舞者白琅華

身為芭蕾新星，白琅華這日正在人民大會堂為重要高層們跳〈紅色娘子軍〉。

表演結束後，媒體採訪時問她有何新年願望，白姑娘很是憧憬而甜蜜地笑道：「希望新年，久容會向我求婚。」話一說完，偶一側首，白琅華瞟見一身形高大、面目英挺的男子無視眾媒體圍堵，如摩西分海般走過，正是方才的舞蹈搭檔東陶野。

住三〇二室的名模特修久容

元旦這天，修久容正出席某個時尚大典，紅毯上一身米白西裝襯著俊秀姿容，引得粉絲們尖叫不已。

某娛樂記者上前採訪，問及新年願望，修久容微微臉紅地露出大眾所熟知的靦腆笑容，「希望為風氏旅遊公司拍攝的宣傳廣告能令風總滿意。」

住七〇一室的皇氏總裁皇朝、華純然夫婦

元旦日，皇氏夫婦出席了公司新年餐會，與會的除本公司的各中、高層外，還有各合作公司的高層。

餐會進行一半時，皇朝攜夫人華純然上臺致詞，結束後，主持人問皇總有何新年願望，皇朝思量一下，然後很鄭重地說：「想要個寶寶。」

華純然聽了，接過話筒，笑若花開，「那你的新年願望已經實現了。」說著抬手輕撫腹部。

主持人立時反應過來，忙道恭喜，又問：「皇總，夫人已送您新年願望，那您是否也要回送個給夫人？」

皇朝總裁驚喜過頭，呆呆地看著妻子尚為平坦的小腹，良久後傻傻地開口，「我會努力賺奶粉錢的。」臺下哄堂大笑，亦掀起晚餐高潮。

住四〇一室的影壇巨星燕雲孫

元旦日，燕雲孫出席其主演大片《星河》的首映會，作為壓軸嘉賓最後上場，一身黑西裝搭白領結，襯著俊朗的容顏、頎長的身姿，一出場便點爆全場人氣。

紅毯上主持人問他新年有何願望時，他故作深沉、略帶憂鬱地道：「希望新年裡我喜歡的女孩不要再是名花有主。」

一時間粉絲尖叫，無數聲音大喊：「我還是單身！我還是單身……」而風流的燕影帝已轉頭悄然詢問漂亮主持人的電話號碼了。

住四〇二室的員警皇雨、秋九霜夫婦

兩人元旦日都要值班，只不過一個在城西，一個在城東，各領著一幫弟兄在巡街。路過無數店鋪，門口站著的俊俏男女侍者都會沖著經過的人喊道：「新年快樂！」有弟兄念叨新年要有新景象，於是各自說著自己的新年願望，最後自然都問頭頭有何新年願望？

城西的皇雨答：「希望我老哥每月能多給我一千塊的零用錢。」做員警的薪水，每月都不夠他玩網遊。

城東的秋九霜說：「希望大嫂能生四、五個孩子。」這樣皇氏後繼有人，她就不用生了。

住七〇三室的豐氏夫婦

也許是因為虎年到來，天老爺看老虎皮毛厚實，怕牠睡過頭趕不上年，特意把氣溫弄得比往年要冷。

老虎果然早早趕到，可也把某些人凍得直往南方趕，豐氏夫婦便是其一，在海南島三亞市某五星級飯店的頂樓一住便是半個月。

大年三十這晚，豐氏夫婦享用過飯店提供的年夜大餐後，相依相偎地坐在落地窗前的大沙發上，望著窗外綻著的炫麗煙火，房中放著清雅輕柔的音樂，品著香醇微甜的紅酒，一切是那樣的溫馨安寧。

「我們養隻小老虎吧。」豐息忽然道。自從元旦那日接到皇朝那欣喜若狂、十足炫耀的電話後，豐公子便籌劃著決不能在生兒子的步伐上輸給了老對手。

「可我想養條飛龍啊。」風夕靠在老公的懷裡熏熏欲睡，可已迷糊了一半的理智依舊覺得龍比老虎更神氣。

「那咱們各憑本事吧。」豐公子翻身，抱著妻子倒在那足可與床相媲美的大沙發上。

虎年裡啊，到底會有幾隻小老虎呢？

佛曰：「不可說。」

住六〇一室的明華嚴、蘭殘音

大年三十這晚，兩人是各自回家過的。

明華嚴、蘭殘音皆是四代同堂的大家族，在中國人最為重視的節日裡，大大小小、遠的近的、城裡的和鄉裡的、國內的跟國外的全都回到了本家，總體來說，兩家都過得非常熱鬧。

作為明家嫡系繼承人，明二自然是萬眾矚目的，從身體到學業、從同學到交友等等，全都被仔細關照了一遍，而二公子自始至終亦是態度溫文，風度爾雅，那就是一個光芒萬丈的形象，讓長輩們滿懷欣慰，讓同輩們滿心仰慕。只不過偶爾有那麼一剎，人群環繞裡的二公子會微微走神，想著那個妖孽今天過得怎樣？

而在蘭家，人數上並不少於明家，只不過不似明家一大家子都圍在大客廳裡對著寵兒關懷備至。年夜飯一吃完，年老的看春晚，中間的一幫子打麻將，年輕的則上網的上網、玩遊戲的玩遊戲，各自盤踞一室。

蘭七一人倚在大客廳外的陽臺上，室外的氣溫很低，可她並不想進屋去，屋裡的那些目光與低語比這零下的寒氣更令人難受。

裹著大棉襖，眺望著遠處不知哪家放著的煙火，耳邊充斥著爆竹聲，弄不明白自己為何要回來。或許是因為心底那一絲怎麼也不肯熄滅的期望，想著兄妹一年能見一次也好，可鳳裔他到底還是留在了那陰冷的英倫。

嘀嘀嘀嘀……鈴聲響起，她掏出手機，待看清來電顯示的瞬間，唇邊不禁一勾，「假仙。」

低於零度的室外，似乎、也許刮過一陣春風，才有了蘭七面上那柔柔淡淡的微笑。

「我們虎年繼續同居吧。」

三、生日

套用一句俗話：「日子呀，那就是嘩啦啦的流水，眨個眼，它就過去一大截了。」

八月，皇朝做了爸爸，得了個虎頭虎腦的大胖小子，樂得皇總裁嘴咧到耳根，小心翼翼地抱著兒子一個勁兒地向愛妻致謝，「純然，辛苦妳了。」

「又不是你一個的，這也是我的兒子，你謝什麼。」華純然含笑看著喜不自禁的丈夫和他懷中的寶寶，滿身的疲憊痠痛在這一刻全消弭了。

「是的、是的，是我們兩個的，是我們兩個共同努力的，我們兩個都辛苦了。」皇總裁這會兒樂過了頭，所有的精明理智早已飄飛九天之外。

「你哪裡辛苦了，你又不用挺著小山一樣的肚子，你還好意思說辛苦了。」華純然故意嗔怪道。

皇總裁於是又道：「那就是妳辛苦多些，我辛苦少些……」

「噗哧！」門口傳來笑聲，兩人移目看過去，卻是穿著寬大孕婦裙、別有風韻的風夕，正含笑打趣地瞅著兩人，身旁站著神經高度緊張的豐息。

「你們來了呀，快過來坐。」華純然忙招呼客人。

「一接到皇雨的報喜電話就來了，來看看妳這位大功臣嘛。」風夕走過去，拉著華純然的手，「怎麼樣，身體還好吧？」

「沒事。倒是妳挺著這麼大的肚子不方便，何必跑這一趟。」華純然拉風夕在床上坐下，「妳也快了吧？」

「預產期就這幾天。」風夕笑笑，「我又不像妳懷孕時反應那麼大、那麼辛苦，比起當年野外生存訓練背那幾十公斤背包，這可真不算什麼。」

「妳呀，真是什麼事到妳眼中都那麼風輕雲淡的，只是懷孕哪能跟背背包相比。」華純然搖頭笑道。

這邊媽媽和準媽媽閒聊時，皇朝已抱著兒子走到了豐息的面前，以一種驕傲又炫耀的姿態說道：「來，看看我兒子，九斤二兩（五千五百克），可沒幾個比他重的了，而且長得多漂亮啊，像足了他爸媽。」

豐息垂眸瞟一眼，儘管心裡承認，比起以往看過的那些皮膚又紅又皺的嬰兒來說，眼前這個頭髮烏黑、皮膚雪白的小傢伙確實要漂亮多了，但出口的卻是：「我家的會比他更漂亮。」

皇總裁聞言，頓時鬥志昂揚，面上卻擺出笑容，以求談笑殺敵，「你們家的小公主自然是要比小子漂亮了，到時不如我們兩家結親吧。」

「我家的是兒子。」豐總裁那雙曾被人讚為有如墨色古玉一般溫雅的眼睛這刻確實如古玉般靜雅，只不過光芒頗有些難測。

「老人常言，肚子圓的是女兒，肚子尖的是兒子。」皇總裁兒子在懷，自是有恃無恐，「你家那位一看就知道是女兒。」

豐總裁眼眨了一下，「你肯定我家的是女兒？肯定我們兩家結親？」

「當然，社區裡說話最準的玉言天教授已說了，我們兩家肯定是親家的。」皇朝頗為自信。自家的是兒子，那豐家的肯定是女兒了，到時娶了豐家女，自然豐氏企業就是嫁妝，這就叫不戰而屈人之兵，省了許多辛苦，雖然時間上估計還得等二十年，可總比五十年都不能挫敗老對手的好。

「哦。」豐息淡淡地點了點頭，「換信物嗎？」

皇朝一聽老對手這麼爽快，當即從兒子脖子上取下剛戴上還沒焐熱的傳家寶——差不多半個巴掌大的龍形青玉佩，「這是我家的，你家的呢？」

豐息想了想，從口袋裡掏出上午買給皇家寶寶的一塊指頭大小的羊脂玉麒麟，臉不紅、心不跳地道：「就這個吧，這是我豐家世代相傳的。」

於是兩位爸爸交換了兩家定親的信物，在信物到手時，本是志得意滿的皇總裁瞅見老對手唇邊的那抹淡笑，忽然有種不好的預感，可還沒來得及理清這感覺，就聽到身後風夕一聲輕哼，然後便是華純然擔憂的聲音，「怎麼？是不是肚子痛？要生了？」

「好像是要生了……」風夕抓著床欄，忍著痛苦笑。這可還真遂了豐息的願，趕在皇家兒子一天出生，年齡上沒被比下去啊。

本來笑容詭異、神色從容的豐總裁頓時風一般地衝了過去，想要碰妻子，手卻不知放哪在哪，只急得團團轉，「要生了？要生了啊！要怎麼生啊？我要做什麼？是不是跟電視裡放的那樣抱著妳躺下？然後找些毛巾讓妳咬著？要不要備一把剪刀？還是我要去準備大量的血包以防萬一……」

在豐總裁大失鎮定的同時，皇總裁從容地走過來，以過來人的身分拍了拍老對手的肩膀，「兄弟，別慌，這是醫院，叫醫生就好，很快就能當爸爸了，你也別上竄下跳的了。」

七小時五十二分鐘後。

「首先，我家這個重八斤八兩（五千一百公克），數字比你家的吉利；其次，你看我家的這個頭髮要比你家的長，臉蛋要比你家的紅潤，眼睛也是睜著的，你家那個可是一直閉著眼不曾睜開過，所以啊，我家這個更健康、更漂亮、更聰明。」豐總裁抱著剛從護士手中接過的嬰兒，跟抱著寶寶的皇總裁顯擺道，一臉「你輸了」的表情。

皇總裁眉頭跳了跳，叫道：「我家的比你家的重，肯定是我家的更健康；你家那個滿臉通紅，哪兒比得我家的粉嫩雪白；嬰兒一生下來都是閉著眼睛的，我家這個叫正常，你家那個睜著眼睛骨碌碌轉的才叫不正常！」

「哦？」豐總裁眉頭一挑，然後扯開包著嬰兒的毛巾，露出乾淨的新生兒身體，扶著嬰兒的腦袋面向皇家寶寶，「來，兒子，見見你粉嫩雪白的媳婦。」

兩個超重嬰兒——豐寶寶黑水晶似的眼睛看著皇寶寶，皇寶寶閉著眼睛安靜地睡覺。

至於皇總裁，瞪著豐寶寶貨真價實的小雞雞已說不出話來。腦子裡想的是，玉教授德高望重，他老人家說的話整個「東皇閣」從下到上都信服的，他說皇家要生兒子，那就真生兒子了，他說皇豐兩家會結親的，那自然是豐家要生女兒才能結親，那為什麼……會是個小子？不過，玉教授可還真沒說豐家這胎生女兒，難道……

豐總裁微笑，神態從容，「你不會要反悔吧？」

你信那玉老頭的話，本公子可只信科學呢。

皇總裁沉默了許久後，轉身對華純然道：「老婆，我們再生個女兒。」只不過嫁妝決不是皇氏企業，而是要收豐家的聘禮——豐氏企業。

「兄弟，下胎我家也打算生個女兒。」身後豐總裁的聲音很愉悅。

生命不息，戰鬥不止！

四、中秋

再套用一次俗話：「日子啊，那就是流水，嘩啦啦的就過了一年。」

這年的八月十五，素有「東皇閣」播報員之稱的宇文洛在下午兩點的時候以電話通知了所有的鄰居：「我剛才回來，正好碰上家政服務公司的人離開，說是剛打掃完八樓。鄰居們，這意味著什麼？意味著八樓終於迎來了它的主人，我們神祕的八樓鄰居們要回來了，這個中秋可真是大團圓啊！」

八層樓，一到七樓都住滿了，唯有八樓雖是有主的，但是從他們這些人搬進來到現在都幾年過去了，卻從來沒有見過八樓的住戶。聽說八樓住的是一家人，一直都在國外打拚事業，如今終於要回來了，他們也終於可以一睹廬山真面目了嗎？

於是乎，「東皇閣」全體住戶這一天都扔下了工作和應酬，全體趕回來了，打算一起過中秋團圓節。

考察了一番地貌後，大家決定在正對大門的花園裡辦中秋宴，既可一起過節，又可一起堵人，保證八樓住戶一進大門他們就可以見到。

一起過節自然是要做些準備的，所以眾鄰居們一起，你家搬桌椅，我家弄吃食，東家拿水果，西家備茶飲……很快花園裡的宴席便像模像樣了，大家團團圍坐，興致勃勃地吃吃喝喝。

大人們有目的地等待，小朋友們則樂呵呵地玩。

已經周歲的皇寶寶與豐寶寶被放在一張涼席上，涼席上有水果和玩具。他倆目前還沒有大名，只因為他們的爸爸為了給各自的兒子取一個賽過老對手的名字已經是想了又想、改了又改，以至於到目前還沒定下，所以現在社區裡的諸位叔叔、阿姨權且憑著各自的喜好給他們取了很多小名。

皇寶寶爬呀爬，爬到水果盤前，胖爪子一伸，便抓住了一瓣剝好的山竹，豐寶寶瞅見了，也爬到水果盤前，抓了一瓣芒果，強行塞進了皇寶寶的口中，然後張開嘴，一口把皇寶寶手裡的山竹吞了。

皇寶寶嘴裡含著自己最討厭的芒果，小手裡山竹被搶走了，只留下豐寶寶的口水印，頓時悲憤了，吐出口中的芒果，哇哇大哭，若有嬰兒語翻譯的話，大意該如下：「可惡的豐小寶，搶哥的山竹吃！爸爸快來，有人欺負你兒子！」

皇寶寶的哭聲引來了父母的注意，只不過四位為人父母的反應卻不一。

皇朝斜睨著老對手，「你叫你兒子來報仇呢？」

他昨天才從豐息手中搶了一家合作夥伴。

豐息不屑地「哼」了一聲，「明明是你兒子比我兒子大，能被欺負嗎？」就算只是早出生了幾個小時，那也是大。

華純然伸出手，卻是抱住了豐寶寶，滿臉憐愛，「寶寶真是聰明，以後長大了肯定不會被人欺負，要繼續保持哦！」

皇寶寶看著自家親媽不哄自己，反去抱老是搶自己東西的豐小寶，這回不止悲憤而是悲痛了，頓時張開嘴，扯開嗓子，準備狠狠嚎一頓。

「寶寶不哭，那傢伙是壞小子，咱們是乖寶寶、好寶寶，不跟壞蛋一般見識。來，親親，不哭了哦。」風夕抱著皇寶寶又親又哄，完全無視那邊的親生兒子。

皇寶寶窩在香軟的懷抱中十分舒服，便咽下了已到嗓子眼的嚎聲。

豐寶寶眼見自家老媽去抱那個老愛以眼淚騙同情的皇大寶，不幹了，揮舞著雙手，指著皇大寶，「媽……壞……啊嗚……哦……」雖則平時有練習說話，無奈口舌還是不大靈敏。

「呵呵……壞……乖……」皇寶寶炫耀地沖豐寶寶笑著。

「啊嗚……我的……」豐寶寶伸手去拉皇寶寶，不肯讓親媽抱他。

「不！」皇寶寶抓緊了風夕的衣襟。

兩個寶寶拉扯著時，蘭七跑了過來，「豐豐加油！把你老婆搶過來！」

「小皇子啊，你可要抱緊，不是誰都有你這福氣可以抱著女王陛下啊！」燕雲孫看著皇寶寶縮在風夕懷中，一臉的羨慕嫉妒恨。

「我押豐豐贏！」宇文洛蹲在豐寶寶那邊。

「我看好我家小皇子！」皇雨替侄兒打氣。

「拔河多沒意思啊，來，加一個，混戰開始吧！」秋九霜卻是一把撈過君品玉與蕭雪空的兒子放到了豐寶寶與皇寶寶中間。

「別玩我兒子。」蕭雪空趕忙跑來拯救兒子。

「別小氣啊。」皇雨伸手攔人。

正在寶寶拉扯、大人們居心不良之時，社區外傳來汽車聲響，隨後雕花鐵門自動往兩邊打開，大家的目光頓都往門口望去，便見三輛汽車開了進來，不過當前面兩輛凱迪拉克開進門後，卻在門前停住，正好堵住了最後那輛龐帝克。

車門打開，前兩輛車裡分別走下四人，最後一輛裡走下一人。

「這就是我們的鄰居呀，不過怎麼是九個人？」宇文洛最先開口。

「最後那個肯定是想混進來的，沒看被堵在門口了嗎。」蘭七碧眸閃閃，興致昂揚地準備看熱鬧。

果然，第一輛車走下的三男一女看到家門口擺著的宴席以及眾多鄰居，雖然有些驚訝，但還是微微點了點頭，算是招呼。第二輛車走下的四位男子則轉身面對最後一輛車上走下的男子，一副準備趕人的模樣。

「我們到家了，你別再跟著了啊，這裡不歡迎你！」四位男子中娃娃臉的開口沖最後一人道。

「我已經打聽好了，我們的八位鄰居是結義兄妹，按年齡順序分別叫做東始修、皇逖、寧靜遠、豐極、白意馬、華荊台、風獨影、南片月。唯一的女性是風獨影，你們自己看人對號啊。」宇文洛友情提供情報，「說話的這位是最小的南片月。」

「美女一名，俊男九個，鄰居的外貌顏值很高。」秋九霜概括一句。

蘭七點頭，「不過一女九男，這是什麼情況？」她轉頭看著明二，碧眸裡明晃晃地閃著「八卦」二字。

明二若有所思地看著門口，「看著，一會兒就明白了。」

於是一眾鄰居靜觀熱鬧。

而門口被攔的男子卻不理會南片月的話，只是把目光望向那唯一的女子風獨影，「阿影……」

華荊台聽到這一聲很不爽，沖著那男子揮手，「別叫這麼親熱，我家七妹跟你不熟。」

「就是啦，我們跟你一點也不熟，快回你家去。」南片月伸手就想趕人。

「小八，別沒禮貌。」白意馬一邊拉住了南片月，一邊對那男子道，「久遙，大家都坐了十幾個小時的飛機，你且先回去休息，有事明日再談。」

站在白意馬身旁、一直沒吭聲的寧靜遠也笑咪咪地道：「回去吧，不然沒得主人許可擅闖民宅，是可以叫員警抓人的。」

「嘿，這人說話真毒！」圍觀群眾宇文洛小聲嘀咕。

而作為標靶的久遙只是從容一笑，「我和阿影已經結婚了。」其言下之意，夫妻財產共同擁有，作為「東皇閣」住戶風獨影的丈夫，他到此乃是回家，而非擅闖民宅。

顯然，這話給人的刺激性很大，幾兄弟目光一致看了眼寶貝妹妹，然後都目露凶光地瞪著久遙。

南片月更是大叫起來：「什麼什麼結婚了！你拉著喝醉了的七姐和你在拉斯維加斯結婚，那叫哄騙，我還要告你綁架呢！」若非白意馬拉著，估計他會直接揮拳揍人了。

「阿影在書約上簽了名，具有合法性的。」久遙強調。

南片月語塞。

「我國不承認的。」豐極慢吞吞地道。

「對！就算簽字結婚了，但根本不算數！」南片月終於找到了法律武器，準備擊潰對手。

其餘幾兄弟亦都鬆了一口氣。

但久遙依舊一派從容，只是看著風獨影，「阿影。」

他就這麼喚一聲，再沒多話，可卻似有千言萬語都在這一聲中，不但圍觀群眾們感嘆這人恁地多情，便是向來冷情的風獨影看向他的目光也帶了幾分愧疚，只是她身旁兄長們的目光亦讓她萬分無奈，所以只能道：「你先回去，明日我再找你。」

久遙卻搖搖頭，「不，我不能走，否則今日妳這些兄弟一番功夫下來，明天妳我就要成陌路了。」

風獨影聞言一窒，頭微微一側，似想去看一眼她左邊的豐極，可前方久遙溫柔的目光卻讓她無法動彈。

這細微的變化不止她的兄弟們明白，便是那些人精似的圍觀群眾也發現了。

蘭七雙掌一拍，碧眸亮得懾人，「看懂了，一女二男！本少支持！左擁右抱，齊人之福啊！」

她這話說得極為響亮，所有人都聽得見，於是除了風獨影與久遙的目光正在對視中外，其餘七兄弟的目光都狠狠剜了蘭七一眼。

蘭七滿不在乎地聳聳肩，轉頭問向周圍的鄰居，「你們如何看？是和本少觀點一致，還是另有選擇？」

有了她的開頭，圍觀群眾們紛紛獻言。

「我選四郎。」華純然美目閃閃地看著豐極。

「我覺得那個久遙的品貌似乎更好。」秋九霜持不同意見。

「我也認為久遙更好。」君品玉一手搭在秋九霜肩上。

鳳棲梧看了豐極半晌，才道：「那是個傷心人，更需要心愛之人。」說著轉頭看向風辰雪，「妳以為如何？」

風辰雪泠泠妙目看了豐極一眼，輕輕嘆了一口氣，沒有說話，但意思表露無遺。於是秋意亭不滿了，「我觀久遙性情闊朗，更為適合。」

秋意遙默默地看了眼豐極、風獨影、久遙三人，說了句：「她喜歡誰便選誰吧。」

「她既然已結婚了，自然就是選了久遙啊。」寧朗支持元配。

「笨，沒聽到是喝醉酒了才結婚的嘛！」燕雲孫拍了下寧朗的頭，目光在豐極與久遙間遊移，「嘖嘖，兩個都是極品呀……女王陛下，若是妳來選，選誰呢？」

被問到的風夕看看前方那八個優質男子，頗為神往地道：「女王可以選很多個，所以兩人全收了！」

話音剛落，圍觀群眾只覺八月天裡一陣寒風刮過，耳邊聽到豐息陰惻惻的聲音，「妳是不是就想這樣做啊？」他目露寒光地看向玉無緣。

風夕回頭，「我只是在回答雲孫的問題。」

她的表情很無辜、語氣很誠懇，只是她的話剛說完，那邊豐寶寶爬呀爬呀，終於到達了目的地，一把抱住玉無緣的腿。

「爸爸！」這一聲又響又亮又甜，只為報復媽媽剛才不抱他。

轟隆！一瞬間，月朗星稀的夜空電閃雷鳴。

一眾鄰居齊齊後退一丈地，遠離了風夕與豐息。

「或許今日不但有婚姻片，還會有動作片可看。」蘭七語氣興奮。

「片名《結婚．離婚》！」燕雲孫很是激動。

「是兩對都離還是一對離？要開賭局嗎？」秋九霜準備掏錢包。

「支持兩對都離！」皇雨收起老婆的錢包，掏出大哥皇朝的錢包，抓了大把鈔票在手。

宇文洛一邊喀嚓拍照，一邊再塞一個相機給寧朗錄影，「多好的八卦題材啊，明天發到BBS上去，肯定是置頂發燒！」

「你說他們是離，還是不離？」華純然目光掃一眼豐息和風夕，然後問老公皇朝。

皇朝看一眼妻子，再看向豐息和風夕，「妳覺得他們是離好，還是不離好？」

兩人相視而笑，意味深沉。

「你們這些唯恐天下不亂的傢伙。」君品玉嘆氣，只是語氣裡樂趣的意味很濃。

蕭雪空抱著兒子冷哼一聲，不參與。

明二公子卻是了然地搖頭，接著看向玉無緣：「都是瞎高興。」

玉外交官抱起豐寶寶，刮了刮他的鼻子，然後看向眾人，笑如春風，語氣和煦，「今日是中秋節，難得我們全都在，正經的大團圓，大家一起過節吧。」話是對大家說的，目光卻看向門口的九人，特別多看了久遙一眼，以示邀請，「月圓人亦圓，先來乾一杯。」他一手抱著豐寶寶，一手斟酒。

「有理，還是先過節吧。」皇朝也邀請著門前的九個人。

風夕沖九人笑了笑，拉著豐息走至桌前，親自端了一杯酒送到他手上，「不玩了，別氣了。」

「哎呀，就知道他在，准鬧不起來。」蘭七看著玉無緣，頗為遺憾。

「平日鬧沒什麼，今日好好過節。」明二抬手彈了彈她額頭，手落下時，卻牽住了蘭七的手。

蘭七側目看他一眼，心頭微微一動，隨即安靜下來。

「哎呀呀，還是無緣說得有理。」燕雲孫一拍巴掌，望向門前的九個人，「快過來啊，大家都是鄰居，以後是一家人啦。」

東始修等九人互相看了一眼，知道今日定是沒法解決的，於是達成默契，一起舉步加入眾人，先過節再說。

眾人舉杯，同乾一杯後，頓時親近不少，落座吃喝，然後各自聊開了。

「下次有生意別忘叫上我，咱們一起做。」華荊台在發名片。

「我這次回來是打算再開一間律師事務所，有商業糾紛可以找我，鄰居一場，可以打九・九九折。」寧靜遠分別與皇朝、豐息握手。

「好久沒回來了，也不知這幾年多了什麼好玩的地方，你們在介紹介紹。」南片月勾著燕雲孫的肩膀，目光看著秋九霜、皇雨這兩個會玩的主。

「我打算找間學校教書，你們在哪一間學校？」白意馬向寧朗、宇文洛打聽情況。

「哎呀，我們五百年前是一家呀，要不一起敘敘族譜、認認親？」風夕拉著風辰雪一起招呼風獨影。

「你們要不要決鬥？需要武器的話可以找我們，冷兵器、熱兵器應有盡有。」蘭七拖著明二找上了豐極與久遙。

「到東氏來如何？報酬比皇氏多百分之五。」東始修慧眼看中秋意亭、秋意遙兄弟，舉著酒杯遊說兩人，轉頭又望向君品玉、蕭雪空夫婦，「東氏也有家醫院，君醫生和蕭醫生可願一道來？」

玉無緣抱著豐寶寶，皇逖抱著皇寶寶，兩人比鄰而坐，靜靜賞月，靜靜喝酒。

雕花大門再次拉開，韓樸氣喘吁吁地拉著久容、白琅華、燕瀛洲跑了回來，「喂，你們也不等等我們啊！」

人群之中，搖椅上一直闔目躺著的玉言天教授的臉上泛起微笑。
東皇閣的孩子們終於團圓了。
人世安寧，歲月靜好。

高寶書版集團
gobooks.com.tw

YE 011
且試天下（番外篇）

作　　者　傾泠月
責任編輯　高如玫
封面設計　林政嘉
內頁排版　賴姵均
企　　劃　鍾惠鈞

發 行 人　朱凱蕾
出　　版　英屬維京群島商高寶國際有限公司台灣分公司
　　　　　Global Group Holdings, Ltd.
地　　址　台北市內湖區洲子街88號3樓
網　　址　gobooks.com.tw
電　　話　(02) 27992788
電　　郵　readers@gobooks.com.tw（讀者服務部）
傳　　真　出版部　(02) 27990909　行銷部 (02) 27993088
郵政劃撥　19394552
戶　　名　英屬維京群島商高寶國際有限公司台灣分公司
發　　行　英屬維京群島商高寶國際有限公司台灣分公司
初版日期　2022年05月

國家圖書館出版品預行編目(CIP)資料

且試天下（番外篇）/傾泠月著. -- 初版. -- 臺北市：英屬維京群島商高寶國際有限公司臺灣分公司, 2022.05
　面；　公分. --

ISBN 978-986-506-278-1（第4冊：平裝）

857.7　　110017616

GOBOOKS
& SITAK
GROUP©